em
zwo
ge

Shortlist

edition hackerin

em
zwo
ge

Shortlist

Das AutorInnenkollektiv emzwoge verbindet divergierende Ansätze der Leseart von Literatur – gemeinsame Buch-Projekte, Humor, Austausch, Diskussion und die Option, verschiedene Perspektiven und unkonventionelle Ansichten auf sich wirken zu lassen und diese zu kommentieren.

Gerlinde Hacker	Seiten 6 – 37
Marcel Hörmann	Seiten 38 – 62
Michael Buczak	Seiten 63 – 88

Gerlinde Hacker

wo fange ich an, bei der freude, bei den edelsteinen, den schmuckstücken der worte, der texte, ein lächeln lässt sich erinnern, sie erinnert sich an das lächeln, das lächeln, welches sie einfing, sie umwarb, umwob und ihr den duft von glück, lachen, – von leiser freude schenkte.
ein lächeln, das den alltag zum leben erweckte, zu einem sonnig warmen, windig freudigen tag, der gelebt werden will, der sich freut auf ein gelebt und vielleicht auch auf ein geliebt werden, welche unverfrorenheiten sich da zusammenbrauten, kicherte sie in sich hinein.
ein lebenstag. beschwingt marschierte sie die gassen entlang, weg von der tante, bei der sie wöchentlich ihre anstandsbesuche abhielt. in den winkeligen ecken der vorstadt hatte sie ihr ausgedinge eingerichtet. dort verweilte sie, auch um sich das schlechte gewissen zu beruhigen.
sie mochte die tante nicht, nicht ihre herrische art, nicht das schmal bemessene budget, das ihr durch sie zur verfügung stand.
trotzdem, von ihren einnahmen konnte sie zurzeit nicht leben. es wird sich ändern, redete sie sich gut zu. wie zu einem kranken, kleinen kind, fiel ihr ein.
sie wischte den besuch aus ihren gedanken und eilte, verspätet wie so oft, zu ihrem arbeitsfreund, der schon ungeduldig auf sie wartete. ein treiben durch den tag, den sie sich angefüllt hatte mit ihrer arbeit, mit ihrem zweck, mit ihren wünschen und träumen, die sich auf die erde hatten zwingen lassen.
eine weggabelung, die sie in der vergangenheit heraufbeschworen hatte, die sie hat abbiegen lassen, in einer zeit in der sie nicht mehr weiter wusste und doch weiter tat, bis die erschöpfung sie einzuholen drohte, bis sie ruhelos in den himmel blickte, und sich fragte wohin soll es mich führen, wohin soll es gehen.
keinen anfang wollte sie machen, die zweifel an der zukunft hatten sie fest im griff. die wohlmeinenden ratschläge hatten sie weich, windelweich werden lassen. keine entscheidung wollte getroffen werden. die welt wollte sie da haben wo sie war. und sie?
gedankenverloren suchte sie in der vergangenheit die zeichen, die menschen, die gedanken, die sie zu diesem schritt, alles, aber – vielleicht doch nicht alles, doch vieles verändern hat lassen.

eine ahnung kam hoch und wurde sofort wieder verschluckt. zu gross die angst, zu gross der abstand zum neuen, – der gabelungen in die zukunft – zu viele. zuviele – sie drehte sich im kreis, im gedanken- und gefühlskreis.
welche war die richtige, welche verhiess glück, liebe, abenteuer, geborgenheit, erfolg.
entscheiden hiess verantwortung zu übernehmen, das ging gleich gar nicht und wohin mit all den ungestellten fragen.
der arbeitsfreund hiess sie willkommen und überhäufte sie mit den ergebnissen zu fussgeballerten spielen. sie hatte genug zeit sich zu fangen und aufmerksam nicht zu zu hören.
genug gelegenheit ihre kopftexte auszublenden und langsam in der arbeitswohnung anzukommen. platz zu nehmen auf immer demselben platz, wie auch er.
und die frage, wie geht es dir, kam früh genug, gerade früh genug um antwort zu geben, die den allgemeinheiten des täglichen dialoges genüge taten.
hier bin ich und atme aus. und atme aus soviel ich kann. dann – später ist wieder einatmen angesagt. und sie beide beugten sich über ihre neuen, ihre gemeinsamen projekte und es blieb sogar platz für geständnisse und eifersüchteleien, wenn sie ihre anderen unternehmungen – so ganz ohne den anderen, so ganz ohne die andere, peu à peu formulierten, oder eher schmallippig andeuteten.
es ging nicht anders. es war dünnes eis, wie sie so dachte, wie ihre grossmutter es immer genannt hatte, wenn verletzungen oder schwierigkeiten zu erwarten waren.
ihre grossmutter, sie war gestorben letzten sommer, nach einer zünftigen brettl-jause, die ihr scheinbar nicht bekommen war.
ein trockenes kärntner würstl hatte sie gegessen und auch gleich bemängelt, dass diese wurstbesonderheit schon mal besser war. besser vor der kärntnerischen zeit, die sie so nicht mehr nennen mochte, weil doch dieser unsägliche mann am regieren war, so unsäglich, dass sie seinen namen nicht aussprechen mochte. ihn verschwieg, ihn verweigerte.
so wie ihr arbeitsfreund den namen der neuen machthaberer verweigerte, sie nicht beim namen nennen wollte, weil er sich seinen trunkenen mund nicht mit schlechtem geschmack verunreinigen wollte.
sie verstand ihn gut, allzu gut.
wo fange ich an.

der mantel, er hängt im vorraum, seit gestern oder letzter woche. sie hatte ihn mitgebracht aus ihrer ehemaligen heimat. dort hatte er sich aufgehalten, über viele jahre. ungetragen war er vor sich hingehangen. allein, mit vielen anderen ihrer sachen, alten sachen, bejahrten sachen. die auch vor sich hinhingen. in den alten schränken, die vorübergehend modern geworden waren, aus den dachböden und kellern geholt und von fleissigen, von begabten grossen händen der liebhaber und innen des vollen waldes zu neuer weichholzigkeit poliert wurden. mit bienenwachs vom bienenimker, echt, natur pur.
so dufteten die schränke jahre vor sich hin und mit der zeit wurden sie ranzig, wie die kleider, die sie in sich bargen. alte schränke, alte sachen.
sie wollte diese ursprünglich spenden. doch die skandale der spendenorganisationen widerten sie an. die dauernden missbraucher und innen, die dauernde gier und die unterdrückte, aus allen poren triefende faulige lust der kleiderträger – sie konnte nicht. sie konnte ihnen nicht mehr mittel zum verschenken, oder war es ein verkaufen, in die hand geben.
sie wollte sich nicht mitschuldig machen an den übergriffen, abgriffen, eingriffen. sie wollte möglichst weit weg davon. wollte diesem schicksal entrinnen und auch das schicksal der anderen nicht wissen. sie war in die grosse stadt gezogen. davon gelaufen war sie.
viele jahre später musste sie sich eingestehen, dass auch hier das bösartige wucherte. das böse dachte sie bei sich, es hatte so nette alkoholaugen. es war so oft männlich. es umgab sich so gerne mit macht und geld.
sie wendete sich ab und wieder dem mantel zu. ein spätsommerliches braun mit gestickten blumen an den ärmeln und am volant.
es waren handstiche, wenig ebenmässig, doch vorwitzig und formschön. sie hatte den mantel im norden gekauft. in zeiten, als sie noch umherzog, um ihr geld zu verdienen und ihre existenz zu sichern.
sie bereiste die länder, hörte den menschen zu, schrieb schöne und hässliche berichte – voller wahrheit und doch empfand sie alles als lüge. eine lüge, die sich jahrelang in ihren eingeweiden breit machte, bis sie aufgab. eines tages sank sie in den schlaf und gab auf.
alles stimmte an den berichten und doch konnte sie die wirklichkeit nicht einfangen. jeder satz war klar und verständlich, geordnet und wahrheitsgetreu – sinnlos. was wirklich geschah in ihren gesprächen, in den vielen interviews, in

den begegnungen, besprechungen, in den pausen, in den konferenzen – sie hatte es nicht in worte fassen können. sie war gescheitert. sie wusste es und hatte aufgehört.
die vielen berichte, die daraus gezogenen schlüsse, die handlungsvorschläge, die anregungen, die gedankengebäude und die neuen verordnungen waren gegründet in ihrem nichts von worten.
der mantel hing immer noch in ihrem vorraum, in ihrer wohnung, in ihrer grossen stadt. er hing vor sich hin und erinnerte sie an – an das scheitern, und an das reisen im aussen, das sich ins innere fortgepflanzt hatte, das sie nicht mehr loslies, das sie beutelte und vorantrieb, auch wenn sie bereits todmüde des abends in ihrem bett lag.
die gedanken tobten bis in die träume hinein, so war sie zur frühaufsteherin geworden. nahtlos von der nachteule zur morgenlerche.
sie hatte den mantel in einer kleinen werkstatt in der nähe der bunten, lettischen stadt erworben. eine junge frau, die bereits das ganze elend ihres lebens schon gesehen hatte, lächelte in eine hilfsmassnahme hinein. eine tätigkeit, die ihr mut und stolz geben sollte. und das tat sie auch. mutig und stolz präsentierte sie ihre arbeiten. gelernt in der zeit des einstiegs, des wiedereinstiegs in die berufswelt.
die ringe und die dunklen augen und die blauen flecken an den armen wurden in der präsentation mitgeliefert. frei haus sozusagen.
alle rundherum waren stolz auf die brave arbeiterin und auf sich selbst. alle glücklich.
sie kaufte den mantel mit den traurigsten farben und formen und alle beglückwünschten sie zu dieser vortrefflichen wahl, nur die arbeiterin blickte sie kurz erschrocken an.
sie lies sich nichts anmerken, aber beide wussten und beide schwiegen, verschwiegen. anders wäre es nicht auszuhalten gewesen.
mit einem leisen lächeln verabschiedeten die beiden frauen sich voneinander.
beide drehten sich den rücken zu und verschwanden wieder in ihre eigene welt.

angstgestreifte zeit / am gefliesten boden
der vergangenheit / die steigenden sterne fallen
in den schoss der anderen
in die verlorenheit der nacht anbrüche
in den saum der ausgelassenheit

sie rechnete in wolken und verwunderungen
vergehende stunden sammeln sinnlose erinnerungen
geädertes gedanken ungut

sturzbereit
im irrtum übereinstimmen
mein volk stimmte im irrtum überein
wir sind die
die idioten des verstehens

begradigungsillusion
hechtgraue wolken wandern an
unerreichbare orte
regen schnürt die
massen der einmaligkeit

i am the pain you tasted

ich erzähle von meinen abgründen, die in mir toben, die mich verschlingen wollen, aber ich verschlinge dafür ein blutiges steak und spaghetti bolognese und zwiebelsuppe und chateaubriand und heisse himbeeren mit vanilleeis und gefüllte paprika und sonnenblumensuppe mit gänseblümchenblüten.
der abgrund frisst an mir, er sieht mich nicht nur an, wie ich ihn angesehen habe, er will sich in mich hineinfressen, und ich antworte mit gegenfressen. eine fressgegnerschaft.
ich fresse mich ihm entgegen, dem alltagsabgrund, dem lebensabgrund, dem produktivitätsabgrund, ich fresse mich entlang den abgründen mit den köstlichkeiten dieser erde, sattfressen, nein, satt kann ich nicht werden, niemals. das tier in mir hungert, es heult vor hunger, es heult vor schmerz, es kann gar nicht anders, das abgrundtier frisst mich leer, frisst mich innen leer, und das aussen stülpt sich in die weite, ich weite mich aus und laufe davon vor meiner inneren leere, nur meine haut hält mich zurück, nur meine stimme hält mich zurück.
die dünnste haut, sie hält mich zurück, zurück vor lieben langen zeiten des trostes, die haut hält mich zurück, zusammen – sie hält mich zusammen und zurück, die weitung ist enden wollend, die angst ist enden wollend, ich bin enden wollend, ich vergebe nichts und niemandem, sagt sie, sie ist unvergesslich, eingeschrieben ist das zentrum der liebe und des hasses in der randerscheinung, in den rändern des abgrundes, die zeit lässt sich vergehen, und ich sehe mir beim scheitern zu.
der anfang war das ende und die traurigkeit vergeht von selbst. sie vergeht, zerrinnt in den tränen, vergeht in der trockenhaut des vergangenen, sie sehnt sich zurück an das ende, das der anfang war, das sie nicht begriff.
morgen wird sie jahreszahlen aufsagen, die, die sie auswendig gelernt hat, die, die sie sich hat merken wollen, – müssen. was ist los im staate, ruft sie in sich selbst hinein. keine falschmeldungen, bitte, und schon gar keine verspätungen und schon gar keine lasterhaftigkeit.
der raum ist leer, in dem sie die zweifler hinein brüllen lies, der raum ist endlos leer und endlos der raum, in dem ihre henker und schlächter auf sie warten.
der raum ist leer, und nichts kann sie retten.
nicht einmal das rettungsboot, das über das mittelmeer kommt, das schon voll ist von ehemals geretteten, die vielleicht aber wieder opfer werden könnten, demnächst, wenn ein kleiner brauner in der burg schreit, so laut schreit wie ein kleiner bub, dem das seepferdchen genommen wurde, ja genommen, weg genommen,

entrissen, aus den feuchten bubenhändchen gerissen, und jetzt steht er ohne pferdchen da und schreit und weint, und in dem weinen-see ertrinken jetzt die, die sich gerettet glaubten, die hoffnung schöpften in einem meer von wohlstand, von fülle und gerechtigkeit.
ja, sie hatten sich leer geschöpft, ausgeschöpft, abgeschöpft hatten die anderen, die, die vor anderen flohen, vor denen, die an ihren weissen kitteln zupften, zuerst zaghaft, dann immer stärker und lauter werdend, und schliesslich rissen sie an den kitteln, die doch anzüge von feinstem zwirn waren, die davon eilten über die grenzen, auf und davon mit ihren koffern, den schönen von der schwiegermama, der besten von allen, ein geschenk an den sohn, den schwiegersohn, dem besten von allen, mit der dauerwelle, der edlen, der autoverkäufer dauerwelle, auf und im kopf, jeweils passend.
der abgrund, ja der abgrund war ihr davon gelaufen, und die leere sehnte sich nach ihm, dem abgrund, der sie so oft und so innig angeblickt hatte. jetzt war sogar der abgrund leer, die leere leert oder lehrt, sie wusste es nicht, nicht mehr. der hunger war mit dem abgrund gegangen, die hühnchenflügel tanzten noch in der luft, sie schluckte und konnte das sanfte brutzelige sonnenblumenöl noch schmecken und riechen, wo sollte sie noch hin gehen. aufgehen, abgehen. abgang.

der alte – oder: niveau wird linke propaganda

sie hatte genug von sich selbst, sie wusste genug von sich, wozu noch mehr von sich? allerdings – die anderen nervten sie auch gewaltig.
eine ausszeit musste her, ein aus von sich selbst, wo war der sich-selbst-aus-schalter?
eingebettet in die grossstadt-verwerflichkeit stand sie am fenster. die bauarbeiter rächten sich durch morgenlärm an den angestellten, an der white-collar-schicht, die sich noch ein stündchen gönnen könnte, bevor auch sie das hamsterrad erreichte.
die träume der nacht erreichten sie nur mehr in spuren, lautlos ging sie noch einmal über die dachbodenbretter, die noch immer schiefer in ihre traumfüsse trieben, die sie noch immer in der vergangenheit herumtreiben liessen.

wann wird es vorbei sein, wann fängt das leben an? das kleine, das probeleben hatte sie schon hinter sich, dachte sie. jetzt wäre zeit für das echte, für das grosse leben. für die richtigen entscheidungen, für das wahre, schöne und gute. war sie bereit für diese illusion, war sie wirklich bereit den traum auszuträumen und mit einem leben zu beginnen, das kein rückwärtsspiel mehr sein würde? symphonie der nacht, von den büchern ernähren, staubkörner mit namen – und du hattest mir meinen planeten-status aberkannt. es war das jahr, das jahr, in dem ich nachgedacht habe, ich werde es so nennen, das jahr, in dem ich nachgedacht habe. meinte sie, dachte sie. der alte, der ein stier oder – noch besser – ein bär sein möchte, aber ein alter trottel mit kornblumenaugen ist, der die sozialisten als herrscher und die konservativen als eigenbrötler sehen möchte. und ja, er hätte die lösung, aber leider kann er nicht mehr, er sucht die zuhörenden, er sucht die schönen fernseh-seiten, die ihn auch nicht haben wollen. jetzt endlich wo er an der macht, an den futtertrögen der nation zufrieden frisst, die alten frauen mit-auffrisst, was tun? denn er selbst kann nicht mehr zuhören, kann nicht mehr abschalten, denn sein apparat hat ihn schon abgeschaltet, hat ihn schon vernichtet in die öde der taubheit, in die interessenslosigkeit, hat ihn verabschiedet in seine eigene dozentur, dort kann er vortragen, das was er immer schon vorgetragen hat, aber mit dem zweifel der denkenden, da hat er nachgelassen, hat sich auserkoren dort gelassen zu bleiben, nimmt den laut der anderen nur mehr als ein gemurmel wahr, das ihn beflügeln soll zu neuen exkursen in die alte welt, in eine welt der er anheimgefallen ist, inklusive seiner farbigen zweifler. der absage an eine minoritäre politik folgt die zusage an das nanopartikelmässige vorkommen der geschlitzten, der deutschtümler, die im ostteich fischen wollen und die fetten zuerst an land ziehen, die fetten, die was hergeben und was aufgeben, ein alleinstellungsmerkmal. die haben jetzt das sagen, die rohen deutschmärkler, und sie sagen es gleich einmal den öffentlich-rechtlichen, die ihnen zu weit links liegen, oder sonstwo, auf jeden fall dort, wo sie nicht sein sollten.
die aufgabe auf linie zu sein, ist noch nicht durchgedrungen. noch nicht durch den filz der fetten jahre, und die, die sind vorbei. auch wenn wir es noch nicht glauben wollen.

quint-essenz

zwetschkenaufgussessenz
die tage der rauhnächte liesen sie nicht los und warfen sie in ihre träume zurück, zurück in eine vergangenheit, vor der sie sich gerade entflohen wähnte. jeder kampf endete fiebergebeutelt, in der gegenwart des jetzt, erbarmungslos, vergangenes ihr um die heiss-roten ohren knallend.
gegnerschaft ward angesagt. hitze mit hitze bekämpfend, so fand sie sich glühend in der echten saunahölle ihres grätzels wieder.
die wohlmeinenden ratschläge in den wind, der eisig-kalt und unbeeindruckt strassen fegt, so auch ihr wissen. alte männer, vorwiegend alte männer, fett und schlank, der sprache mächtig oder sie verstümmelnd, wenig frauen. eine gemeinschaft, die schon so lange existiert, dass sie keine neuigkeiten mehr fürchten muss. das andere als willkommene abwechslung, nein, als erheiterung dienlich sein kann. so auch ich, dachte sie. in der höhle der hitzehölle gedeiht nackt und scheinbar unbesonnen die vulgarität. eine einseitige wie ihr schien, eine einseitig abwertende, schleimig, schleichende, die frauenkörper abtastende männlichkeit, die sie schon vergangen glaubte, hoffte, wähnte.
aus ihrem leib, den sie körper nennt, hinausstarrend, mit grossen roten verschwitzten augen, ein: das darf doch nicht wahr sein, eher denkend, in sich hinein denkend und, um es dann doch hinaus spuckend, stöhnend, verkrampft artikulierend los zu werden.
ein, bitte nicht, das nicht als bitte gedacht, nicht gesagt, eher als ein, *das darf doch nicht wahr sein,* in welches jammertal sind wir zurückgewandert, was hatte sie versäumt.
die zur meute gewordene schwitzmannschaft, hält inne, die erheiterung am neuen objekt ward nicht gelungen. nicht ganz. aufguss.

eukalyptusaufgussessenz
damensauna, jeden mittwoch, seit 35 jahren. kontinuierlich gealtert, als polin, als ungarin, als zugereiste, als ewig einheimische. den platz nicht verlassend um ja nicht als ausländerin zu gelten, um jede gemeinsamkeit des fremden in sich zu tilgen. um die scham und schande die sie fühlen müssten, auszublenden, hinauszublenden über den grätzelrand.

urlaub nur als kollektive gruppe der einheimischen in ein geschlossenes fremdes, das sich als kopie des einheimischen in der fremde, die keine wirkliche ist, sondern nur so tut als wäre sie was fremdes und unter jedem tisch, auf jedem teller, in jeder flasche sich gewohntes tummelt mit heimischer sprachandeutung.
jede andeutung eines lebens-urlaubes gilt als ausgemachte sache, die jederzeit wiederholt und abgebrochen werden kann. deren bezahlung das recht erwirkt auf ein fremdes. auf das anblicken, das anstarren, auf die ausbeutung der blicke eines fremden landes, eines fremd-menschen und überhaupt, die frauen.
damensauna. wie kam die verquickung mit ruhe, mit angenehmen gesprächen, mit holden weichen formen zustande. die brille angelaufen, das handtuch zu kurz und die debatten brachen sich bahn, von der dritten und obersten reihe purzeln die jahrhunderte, jahrtausende vorgekauten hülsensätze, zernagt und ausgefranst auf die ersten bänklerinnen nieder. die, noch geduckt von den abgenagten resten auf ihren hinterköpfen kraulen und sich entsetzt ansehen was ihnen da in den nacken gespuckt wurde.
ah, die sozialschmarotzerdebatte war das verachtungsthema heute. die soziales nicht einfach nur fressen, nein sie schmarotzen es, sie nehmen es den anderen weg, die ja niemals schmarotzen würden, auch wenn sie könnten, weil ja alle schmarotzen, könnten, würden, wenn es nicht sie gäbe die aufpasserinnen, sie die nachschaun, ob eh alles mit rechten dingen zugeht, mit anstand, dem anstand, der moral, die ihnen hineingestopft wurde, in die ehemals schlanken, ranken leiber. die jetzt vor lauter anstand und moral platzen könnten, zerplatzen an dem zuviel, zu falsch, zu anders, zu ungewollt.
doch jetzt ist er schon drinnen, im körper drinnen, der anstand. und die moral erst, die wurde schon in der gebärmutter mitgeliefert, im bauch der schwangeren mischte die moral schon mit. jetzt ist sie ausgetragen und prasselt in der damensauna auf einen verkrüppelten sozialschmarotzer nieder. der wahrscheinlich nicht arbeitet, der sicher nicht arbeitet sondern schmatzt beim rotzen, auf diesen würde diese, schwitzende weiblichkeit eindreschen, doch da kommt die saunawirtin und befiehlt, gebietet einhalt, weil – aufguss.
und sie kann es nicht, kann ihr fettes maul nicht halten. sie faucht zwischen den heisshöllen-aufgüssen auf die oberste bank, zurück, sie muss: sozialschmarotzer sind die banken, die versicherungen, die reichen, die bauhaie, die ... weiter kommt sie nicht, die ausgeschwitzte damenwelt flüchtet aus dem glashaus der argumente.

ihr flüchten die worte, ihr fehlt der atem, und das eisbecken wartet. ungeduldig.

rosmarien-lavendelaufgussessenz
sonntag nachmittag, die füsse taten ihr noch weh, gestern, ein abend mit ihm, mit dem der aussah, als wäre er militärmusikkapellmeister, ein helles herüber scheinen aus einer vergangenen zeit, die noch nicht so weit fort, so weit fortgelaufen war, als dass sie schon geschichte wäre.
ein tanzabend in einer tanzbar, in einer sozialistischen tanzbar, aus den frühen tagen, nach den elenden tagen, den ganz elenden, nach den tagen der frühen, geblieben, eine leichte verstaubtheit, eine disco in den anfängen, eine beinahe leere disco mit paaren, die aus den anfängen stammen könnten, und blieben, vergassen zu gehen. und tanzen, als würden sie bleiben, miteinander bleiben.
die füsse, etwas rötlich von den zuerst ungelenken schritten, und dann voller freude, sich einer jugendlichkeit erinnernd, die aus ihm, dem frischrasierten schimmerte.
der tag will sich vorwärts schieben. die körper verlangen gesundheit und bewegung zurück.
die unvermeidliche riessentasche mit bademantel, tücher und allem was dazugehört, gehören muss, um eine ordentliche sauna besucherin abzugeben.
das brause-sauna-dampf und schwimmbad ist noch wenig besucht. das personal langweilt sich vor sich hin, nur wenige monate, dann hat es sich ausgelangweilt.
dann wird der charme des alten dem glänzestahl des morgens weichen.
sie bedauert es, sehr. diese leichte verwahrlosung, diese vergangenheit der mauern wird der karriere des neuen weichen. unwiderruflich. kinder gegen alte, da kann sie nur verlieren, dachte sie, schwimmend, fünf tempi vor, fünf zurück, das becken ideal für ihren körper, der sich zum alter hin rundete.
sie schwimmen aber viel, tönt es vom beckenrand, leichtes erstaunen, ähm, ja, ich war sehr krank, zuviel winterkälte, zuviel einsamkeit, zuwenig freude tönt es zurück, aha, was haben sie denn gehabt, grippe?, ja und dann lungenentzündung, verstehe, schweigen, sie schwimmt, er – ich bin der alex, aha, ich bin die andere, die schwimmerin vom bad, das ungewollte bad, das jetzt zerstört wird, das einem, nein zwei kinderbädern weichen wird müssen. und einer karriere, hoffentlich, wenn schon dann wenigstens einer frauen karriere, dachte sie. schönen namen hast, sehen wir uns mal wieder?

die fremden frauen verstellen sich in ihrer fremden sprache und schützen sich
vor den gierigen blicken der anderen durch nicht-verstehen. durch das lächeln des
nicht hören – nicht erkennen – nicht verstehen.
schlag mich, schlag mich, gib mir tiernamen lacht der fette auf der obersten
saunabank.
der bauch des mannes ist über sich selbst hinaus gewachsen und driftet aufgrund
dieser unsäglichen schwerkraft zwischen seinen beinen nach erdmitte. er hält ihn,
den bauch, liebevoll als würde er fallen, ohne den schutz seiner arme, seiner alten
fürsorge, die nur mehr ihm selbst und seinem ausgestülpten gilt.
sie denkt: weiterschwimmen. weiterschwimmen. weiterschwimmen. und aufguss.

latschenkieferaufgussessenz
aus dem morgengrauen hinausgewälzt in die kalte winter luft. diesmal eine neue
sauna, die alte wurde abgerissen um einer neuen schönen stahl und glas, badezim-
mer-sauna-dampf-anstalt zu weichen. was für ein jammer, das alte, das so wie
sie, gerne, nur allzugerne verfällt, wurde weggeschoben, nicht mehr zeitgemäss,
ist sie nicht mehr die zeit, nicht der raum, hat sie nicht zeit und raum für sich.
alles illusion, dachte sie. sie ist nicht mehr die bewegung im raum. sie altert.
der gedanke lies sie trotten und nicht wie sonst, sonst oft im frohen -es wird
schon wieder werden schritt- davon, dahin eilen.
eine neue gruppe umkränzt mich, dachte sie und wusste zugleich, sie wird kein
teil von ihr sein, nicht werden, nicht sein. niemals teil zu sein von etwas, niemals
frieden in der gemeinschaft, das credo war ihr bekannt, dieses glaubensbekennt-
nis kannte sie, und doch, sie will es nicht ändern.
in ihrem anders sein fällt sie in ein sie, ein sie einer anderen und diese verdreht
ihre augen, über und über drehen sich ihre inneren augen über und die frage wie
soll sich das gestalten, ändern, vergehen, wie sollte sie ihr sosein verlassen, wie
sich vor ihrer inneren natur verkriechen. und überhaupt.
also hinein in das schweiss nasse abenteuer der randstaaten existenzen.
noch hängen ihr die gefaselten klänge der letzten jahre aus saunabesuchen in den
ohren. und sie will es weg haben, beiseite stossen, eine neue erfahrung machen.
ein neues lied anstimmen. wie.
heute ward gemischte sauna und sie hatte es vergessen, setzte sich neben die
männer, die sich scheinbar gut kannten oder sich einfach immer wieder sahen

und aus diesem sehen eine gemeinschaft wurde ohne hintergrund, ohne tiefe und doch – sie lachten. die ersten witze liefen langsam an, doch es waren andere als sonst, es fehlte ihnen die gehässigkeit, ihre ohren wurden spitz, ausländer raus, proklamierte einer, die antwort kam unter gelächter, ja, aus dem ausland, neue töne in diesem rechts gerutschten land, und ein einheimischer, ein eingeheimischter krächzte, der neue, der vize wird schon noch aufräumen, und alle abschieben, – eine kurze pause, in der der aufgiesser, dieser essenzkönig, den mann fixierte, dann ein schmales lächeln und ein – und mit dir wird er anfangen–, weil wir sind alle multikulti und wir bleiben.

applaus, gelächter, zustimmung von den schwitzbänken, – sie war sprachlos, grinste und freute sich über dieses neue jahr.

kraft des schreibens

keine schreibt sich die kraft. keine kraft zu schreiben. keine schreibt sich die kraft aus den fingern. die kraft des wortes ersetzt, ein gewehr, vielleicht, vielleicht eine axt. kraft zu schreiben findet statt, wenn sich das gehirn in den arm, in die finger hinaus spuckt,wenn sich der impuls im kopf findet.

findet an der stelle, an der sich ein thema hingeköpfelt hat, hingeworfen von einer zeit, die sich gegenwart nennt, die sich ausbreiten will, die sich versanden lassen will, die sich austobt in einem immer besser erforschten ganglien-universum, dort, dort wo die hirnforschung hingeforscht, dort, dort wo die worte im behirnten gerinde sich im sprechen, in sprache übt, nicht haben kann was sich kraft nennt, was sich versteht und nicht handeln kann.

eine kraft zu schreiben findet sie nicht. wie auch. woher.

bleibt die kraft zum leben schon auf der strecke, der lebensstrecke, der vermeintlichen lebensstrecke. eine zeit zu leben die sich erstreckt, so weit erstreckt wie sich die kraft haushalten lässt. wie sich der verzehr der kräfte aufhalten liesse, wie es weiter sollen wird.

wie den anfang zu bestreiten. welche kraft soll sie aus den worten pressen, die sie, jetzt, statt ihrem gewehr zur verfügung hat. eine salve aus dem kanonengehirn, in ein wort gehirn, hineinabstrahiert.

bringen kann die schreibkraft da gar nichts, nehmen kann sie was, nehmen, die kraft zum schreiben findet eine nicht, der alltag drückt sie in eine schablone des denkens, des handelns, die sie, wenn zu fremd, zu erdrückend, sprengen muss, oder daran verrecken, ein burn out vortäuschen, um nicht amok zu laufen und die heimatliche verwandtschaft zu morden, um die geistige mischpoke zu vernichten, die keine heimat bildet, da der heimatbegriff, ein nazi-vernutzungs- wenn schon nicht abnutzungsdilemma hinter sich hat.
der alltag zwingt sie zu einem handhabbaren haufen nutzbarer werte zusammen, der, wenn sie eine sie ist, entsprechend nicht gewürdigt wird, ausgebeutet und verabschiedet wird, verabschiedet in die bedeutungslosigkeit. die heimat der abgeschobenen – beheimatet in der bedeutungslosigkeit.
kraft der worte wird sie dort gefangen gehalten. wäre da nicht die schrei- und schreibkraft der anderen, die sie zu befreien suchen, damit sie mehr in einem bunde, sie natürlich in einem bündchen, zusammen kommen, aufstehen, sich wehren. worte statt parolen, die auch worte wollen, aber nur hülsenfrüchte als nahrung bekommen.
feiner sinn statt klinge der schlitzer, der geritzten. der wortlosen aber hülsenparolendreschenden macht- und ohnmachtsdrescher. vergebliches anschreiben gegen den betrug der anders lebenden. vergebliches reissen am linken tuchende des tisches.
vergebliches nicht lassen können. vergebliches weiter schreiben – sich entlang handelnde, vorbeigehende, die worte, der worte einen sinn geben, die worte zerschmelzen, worte zu schwertern, schwerter zu pflugscharen, scharren für den kapitalismus der dumpfheit.
schreiben als einen angriff auf die fratze der wahrheit, die einen anlügt, sobald die messer gewetzt sind.
sie schreibt, um den krösus, den neureichen mit seiner schweinegedanken gattin nicht sofort mit dem küchenmesser aufzuschlitzen. um ihnen die gelegenheit zu geben den hass ihrer neu-reich-heit, die grölende dummheit einer neoliberalen neidgesellschaft noch in ihr sicheres, faschistisches zuhause, in ihre heimat zu bringen.
dort kann sie wachsen und sich vermehren. dort kann sie über sich und ihre beschränktheit hinauswachsen, ihrer grösse sich mehren, in ihrer kleinkariertheit, in ihrer fress sucht.

hinausgeschrieben hat sich so manch eine, hinaus und vorbeigeschrieben an den wortwächtern und meinungsleitplankenleitern. der hierachie gerotzt und dem überleben in die trübe suppe gekotzt.
ein hinaus schreiben ins nichts, in die völlige nichtigkeit, laufend, grölend, um gehör in einer stummen, stumpen gesellschaft, dieses ich in der geiselhaft der verblödung hält, halten muss um den zorn, die wut nicht zu spüren, der idiotie, derer die sich angerafft haben mit dummen sprüchen und die miltitärdiktaturen des sogenannten zivilisierten westens, die jeden zur strecke bringen, läuft auch noch so ein ganzer gedanke, ein echtes wort frei herum.
hin strecken, hin hauen will sie, kann sie, wird sie sich bewusst der andersartigkeit, der isolation des individuums. sich wehrend gegen die zumutung des hierachiediktates, drischt sie ein, auf die, die glauben durch ihren geld und macht mantel nichts mehr spüren zu müssen. nicht zu spüren, die zumutungen des lebens.
die sie halten klein und klein, auf dass sie in ein mausloch passt, eine gejagte maus in zeiten der tussen. der selbstverstümmelung. anschreiben gegen diese selbst verstümmelung, gegen die verinnerlichung der abgründe, gegen die heisse luft.
ein schwadronieren wie es die sprache kann und will. um sich der aufmerksamkeit der menschheit zu versichern. um sich das nahrungsmittel zuneigung und liebe einzuverleiben.
warum sie schreibt.
um die freundschaft zu vergessen, die sie bluten lässt, deren lüge sie anwahrheitet.
um die frauenministerin, die eine männerministerin ist, zu vergessen. die vernebelung. die zerstörungspolitik.
um den mann in ihrem bett nicht töten zu müssen. nicht den liebhaber. nicht den freund.
um das chaos im kopf, im bauch vergessend werden lassen, im fressenden saufen, im drogenden berauschen.
um die wortbetriebsamkeiten zu verhöhnen, die ausgewählten wortesammlungen, die hippen posts, den schnellen tweets.
um an der verlogenheit der worte nicht zu krepieren, sonst noch fragen?

treiben
nadeltropfen höhlen den weg / zum jungbrunnen der frau
geblieben mit verstohlenem verlangen / eine list zu sich
in sprachen der gedanken / an meere gestossen
am rauschen der gezeiten fortgetragen
sternenschein gehäuft
an dunkles glück angeschwemmt
gelassen / zurück

ich falle die stufen hinauf / in deinen atem
aus den fenstern / meiner verwundbarkeit

dämmerung mit händen / auf meinen hüften
wie ein zappelnder fisch / will er sich
in ihre feuchte verkriechen
sei nacht zu mir / flüstert sie

verwegenes vergessen

wilde träume am boden auf rot / infantiles glück
körperbeben rauscht vorbei
ich verliere mich in deinem geäst
ein liter einsamkeit löscht den brand
dein freudenrausch nagt an mir / oberkante unterlippe

wenn du stirbst
in mir
geliebte
geliebter
erwache ich
aus deinem traum

ein jahr im bauch des LHC

ich will an die sterne denken. an die sterne die du mir schenktest, in einer zeit in der ich dich lieben konnte, in der ich die wunden der mutter aufriss, um sie nochmals, wieder bluten zu sehen. stolz die noch bluten können, hallt es in meinem kopf, der keiner ist, der nur der dumpfe stumpf an meinen ohren ist. sterne. deine sterne hole ich mir vom himmel, du teilchenphysiker aus not.
konntest nicht die gegenwart mit mir nur das licht längst vergangener sterne teilen, sterne die schon damals kalt und alt, nein, tot waren sie und doch schimmerte ihr licht in unsere liebe, die auch schon tot war, ich wusste es nicht, wollte es nicht glauben, und du, du hast es gewusst, schon lange wusstest du es, schon bevor es begann wusstest du es, und hast es verschwiegen hast gedacht es geht an uns, an mir vorbei, und ich lies nicht locker, wie immer, nicht locker lassen wenn das schale glück aus den kellern winkt.
so stürzte ich uns in die dunkle materie und du machtest so schlecht liebe, dass ich erwog dich zu betrügen.
trotzdem wurde alles ein desaster und du krochst zurück nach hause unter den gereiften rock deiner urmutter.
vater war wieder mal nicht da. was für ein glück. und so konntest du ungesehen auf den wiesen der nazis spazieren gehen im schönen kamptal, in ebensee und natürlich in rechnitz und mich auslachen.
meine beine versagten als ich an den rändern der toten vorbei schlenderte, der toten deren gebeine jetzt woanders liegen und deren sterne nicht die letzten gewesen sein werden.
die bilder der schande hängen im museum, das jetzt beherrscht wird von einem

rechts-schaffenden österreich. meinen sternen graut vor den blitzlichtern der bubis die ihr grinsen zum trocknen an die leine hängen. was für ein idiotenstadl jubeln die medien, endlich wieder stoff zum bellen, nicht van sondern zu bellen.
wo bist du meine linke, meine bessere hälfte, hast dich verkrochen und leckst dir die wunden.
deine räusche waren auch schon besser. besser als mein geist durch diese wand sich dehnen kann.
lass meine wand die fäuste spüren, lass mich funken schlagen in diesem hellhörigen land. in dieser ausweglosigkeit des gestern und morgen.
die früchte werden alt und faul und braun. ich werde sie nicht mehr essen können, wenn sie das stadium des dunklen rot überschritten haben.
die strassenkehrer und innen laufen sich die haken wund um gegen sich selbst zu demonstrieren. endlich genug platz auf dieser seite um gegen sich selbst zu sein.
endlich ausleben können diesen selbsthass auf sich – die anderen sowieso.
an was soll ich mich abarbeiten, an der uhr, die tickt, die in meinem körper schon abgelaufen ist, die schon ausgelaufen ist mit dem letzten blut der letzten liebe.
schreibe ich doch weiter den sternen entlang, die du mir gelassen hast, eine handvoll, an denen ich fett werden soll.
ein scheusslicher text, eine infamie, ein philodendron der geschichten.
wolltest du mir nicht die welt erklären. und ich würde dir glauben, würde an deinen lippen hängen. würde mich hängen lassen, doch du glaubst mir nicht und du hast recht. ich lüge unablässig wenn es um die lüge geht, ja, und auch um die liebe.
da ist die lüge voraussetzung.
ich habe dich mit deinen sterne zugelogen. so zu, dass nichts mehr da war. und dann ging ich einen anderen zu zulügen. aber du warst traurig, so betrank ich mich. ja, sternhagelvoll – welch banalität.
jetzt lebe ich in einer welt in der bald pferde durch die geschützte innenstadt galoppieren und die neuen herren hoch zu ross auf die alten frauen spucken werden.
aber nur als ausrutscher. weil die rechts-schaffenden immer nur ausrutschen.
weil soviel speichel unter den stiefeln, unter den satteln zum ausrutschen einlädt.
eine rutschpartie macht die bubipartie.
welch ein spass. welch ein glück für dieses land, dieses vertöchterte heimatland bekommt jetzt mal was richtiges zu hören. gesehen hat mann das schon lange, aber hören, ja, hören, das ist ein gewagtes versprechen, kann ich dir zu hören,

wenn du vom stern des abendlandes sprichst, von den drei heiligen die gerne unbefleckt gewesen wären. es aber nicht schafften, wie die heiligen es nie schaffen. immer stürzen sie dann, zuerst von der piste, dann in den alkohol und dann mit hieben aus dem bett.
ein schenkelklopfer sagt der neue sportsministrant. wer will nicht gerne auf den schenkel geklopft werden? lauter dumme leute, die sich selbst verteidigen. hört auf uns, lasst es sein, ihr werdet nicht die letzten sein.
weil ich bin die erste. und die staatsmacht wiehert und der adam beisst der eva in den schenkel.
wohin soll ich schreiben, beginne wieder bei deinen sternen, die ich sah, im tiefen keller, im ring der sie schleuderte, aufeinander zu, in dieser blöden schweizer stadt, als deine eltern mich mit dir quälten. als ich noch mitging mit deinen kruden jünglingen. und jetzt. jetzt stehen die eingeweide der teilchenphysik in meiner küche. über dem dunstabzug. dort hast du sie liegen gelassen, bevor die mama zur suppe rief.
zur suppe, zur suppe, ha, was für ein spass, bekamen doch alle was ab bei diesem spiel. die mädels einen bauchschuss, die buben einen schuss auf den kopf. im kopf war leere angesagt. gähnende langeweile und leere von besoffenen lehrern und lernstoffen. doch du hast dich auf die schultern deiner schwestern gestellt und alle überragt. und jetzt bist du ganz oben angekommen. jetzt bist du ein star. ein rechts-schaffender star.
eine glückseligkeit kotzt sich aus deinen augen heraus und du hältst fest an dem, an denen die sich an dich gehalten haben. und die festhalter, die halten zueinander. und alles andere wird abgestossen. fort, weg, wir sind heimat und der rest kann scheissen gehen. echt aber jetzt.
eine wonne das ganze, wer hätte das gedacht, tot sanktionierte leben länger, würdest du sagen, aber der lebt nicht mehr. der war da und dann weg und dann wieder da, aber jetzt ist ausgedadad. jetzt ist selige und ewige ruh' und der kleiderträger jubelt dazu, weil wir wollen und müssen doch alle opfer bringen, spricht er in seinem samtstuhl vor den schönsten kunstwerken seiner welt, die auch in harten zeiten einen guten rubel bringen können.
aber jetzt opfer, liebe bevölkerung jetzt opfer für die einen, umvölkerung für die anderen. da bleibt doch gleich die gerechtigkeit stehen. stramm steht sie und gewehr bei fuss. damit sind wir alle sicher. alle sind so sicher, dass wir keine bun-

ker mehr brauchen. keine frauen und familienbunker. und keine kindesweglegung in die russische hauptstadt, denn dort leben unsere freunde, die herrscher und häscher. und die wollen unsere kinder auch nicht. die gehören zu uns, in unser haus, festgebunden an die hübschen beine unserer dirndlträgerinnen.
ja so ist es gut.
so soll es bleiben, was für ein tag. ein freudentag, ein fest, ein fester tag, der alles alte neu glänzen lässt. nichts ist vorbei. alles erstrahlt im alten fetten glanz der sterne.

aus träumen fliehen
in häuser deren keller aus holz geschachtelt
blicklose fenster
mahnende kinder
flucht
allerorten

wo ich wohne bin ich niemand
wo du wohnst bin ich niemand
wo gewohnt niemand ist – bin ich
wo die wohnung des niemand ist – bin ich – nicht – du
wo ich bin ist niemand
wo ich bin bist du
wo du bist bin ich
gewesen

die hässlichkeiten des alltags passen
nicht mehr in deine reisetasche
in sandigen vergangenheiten graben

gedärme wölben sich über den bund des lebens
grausamkeiten schlagen gegen den kopf

körper fressen menschen
satt

vergangenes drängt sich in die zukunft vor
absicht gebiert sich zur achtlosigkeit
der körper kühlt auf sprachumgebungstemperatur

deine rede zeit
lässt meine gedanken luftwurzeln
was für eine lüge wahrheitet uns da an
gespräche ernten die musik in deinen ohren
getötet im hinterhof der gedanken
einkerkern
menschenrunden verstauben
in ihren eigensten wünschen
vergangenes abschneiden

sie hätte noch gerne sein vergessen mit blumen bekränzt
mit heidelbeeren und melisse
mit zitronenfaltern und paprika

nach frischen orangenspalten
nach limettensprühregen in frühlingsluft
duftend

toter winkel

ein riss geht durch ö, ein stück erde, auf erden, das grenzt, ausgrenzt, alle anderen, alles andere ausgrenzt. diese grenze, unsichtbar und doch jedes papier beschreibt sie. nur durch sprache wird sie sichtbar.
wo reisst ö?, wie ein zu eng gewordenes kleid, bricht die naht an ihrer schlechtesten stelle oder an der feinsten, weichsten stelle oder an der soll bruchstelle, platzt, löst sich auf, reisst ein, kein einzufangender riss geht durch das kleid ö. oder was?
oder was?

die abgründe der angst rissen sie aus dem schlaf. er nimmt sich kein blatt mehr vor den mund und natürlich wusste sie wie er denkt, wie er hinterm berg hielt, so gut es ging und die dunkle seite aus seinem massgeschneiderten anzug hervorlugte, manchmal frech, manchmal blutig, manchmal eitrig des rassismus, sexismus sowieso.
frauen sind leider dazu da, begehrt zu werden und da hatte er gelernt nicht wirklich zu sagen was er dachte und auch nicht zu denken was er fühlte. er, ein kleiner notgeiler arsch.
hinaus geschrieben hat sich so manch eine, hinaus und vorbei geschrieben an den wortwächtern und meinungsleitplankenleitern. sie rotzt der hierachie und kotzt in die trübe suppe, in die trübe überlebens-suppe.
sie ging mit ihm in die ausstellung, er spendierte ihr ein glas wein und forderte mit dem abendessen seine sexuelle altersversorgung ein. eine wie er fand, die ihm zusteht.
sie erschlug gleich mehrere lebensziele mit einem nicht, mit einem – nein!
die angst vor glück und die angst zu scheitern, die angst vor dem lachen und weinen.

eine ewige verlängerung der kindheit. und wer macht dann die schnitzel? sie auch nicht, sie wirft sie nach ihm und verlangt nach einem neuen mann. und tröstete sich mit essen und ficken und fusel, ja, wein, viel wein und die traurigkeit sinkt in sie hinein, wenn er an ihr herumstümpert.
verstümmelt auch ihre besuche bei der anderen, die jetzt keine mehr sein wollte, weil das alt frauen da sein sie auseinander trieb. die eine ungeduldig glücklich

und sexy werden wollte und die andere geduldig, exquisit oder kaiserin nach der modeschöpfung des 21. jahrhunderts.
oder weil sie andere wege gingen und die kreuzung nur zufällig war und deshalb ging sie verloren, wie sie schon immer verloren gegangen war und konnte sich nicht umsehen weil der kreis, in dem sie ging, sie blind machte für alles. nur mehr sehnsüchte blieben übrig.
verlangen - und sofort goss sie so viel wie möglich in sich hinein um zu vergessen, die sehnsucht zu ertränken. der weg zurück wenn schon dann über die rosemary connection, wo ihr mann sie zwangsweise versteckt hielt, kränklich, angekränkelt und sie ihre beleidigungen gegen diesen rechten macho arsch dann doch nicht los werden konnte.

ein strafmandat für politisches benehmen. ein ankämpfen an das zurück sinken in die ohnmacht. in die eigene bedeutungslosigkeit. sie dachte an den langen winterabenden wird sie sich erholen können, bücher lesen, den gedanken nachhängen, musik, wirkliche musik hören, nicht dieses phrasendrescher gehirnzertrümmerer gejohle.
sie wird sich erholen von den sommern, in denen die würdenträger ihr in den ausschnitt starrten und sie nicht wählen durfte.
es ist eine illusion sich vorzustellen es wäre anders dachte sie. der niedergang der keiner war wird jetzt durch einen neuen wahn erlebbar gemacht. er steht auf mit seiner frau und drischt sie. alle aggression endlich zerhackt in der weiblichkeit. sie hasst ihn, dafür wird sie ihn bis an sein lebensende verkrüppeln.
sie hatte sich die bedingungen für ihre hörbarkeit zerstört, zerstören lassen. eine heide reisst sich in den abgrund. mitten drin. ihr vater spricht nur männlich. eine heide, die sich ersticht, jeden tag. die nicht nach hause kommen kann, denn dort ist sie schon.
die industrie region ging nieder und die nazis gingen hoch.
sie liebte ihn und flennte am küchenboden. geschwängert. je billiger umso besser, je mehr, desto weniger. sie hasste ihn und schlief mit ihm. grüne wälder liebten hardcoreporn, auch sie hassten das weibliche.
der weisse vorhang bläht sich im wind. sie hasste noch immer. weine einen fluss herbei. ihr chaos ist rein, das blut zwischen ihren beinen ist rein. ihr dreck ist rein. rein von reinheit.

sie hat einen körper, sie ist ihr körper, sie ist körper, sie ist. sie ist verloren, verloren gegangen. sie ging verloren und atmete neu.
sie ging verloren im 21er haus und entdeckte lautes gewäsch, das an ihren ohren hängt. es kriecht in ihr ohr, ein gewäschohr entsteht und fritjof capra lässt grüssen aus dreissig jahren vergangenheit.
und sie schreit jetzt und er glaubt sie kommt und sie macht einfach schluss mit diesen worten, schliesst sich mit diesen worten ab.
freitag und losbrausen, über die strassen heimfahren, klar und hinaus zu gehen auf die party, auf das gepolsterte leben herein zu fallen, er kommt nach und nach und nach gehen die lichter aus. und das geld sowieso in dieser funkelstadt. und sie fährt diese holprigen strassen entlang und spürt wie gefährlich leben sein kann.

und samstags wird einfach darauf los geleckt und sie langweilt sich. und am nächsten tag zieht sie sich zurück und kündigt auch diese nicht-beziehung auf.

sie geht verloren. sie verschwindet. in den leben der anderen verschwindet sie. verschwinden in den gegenständen des alltags, in den einrichtungsmöbeln des alltags. sie verläuft sich in den ecken des tages, in denen sie am abend verschwindet, lautlos diffundiert.
in den küchen, wohnzimmern, in den stücken, die uns die welt nehmen, uns den raum nehmen, den wir als einziges haben. der sich nicht mehr weitet, der sich engt, einengt auf ein wenig, sie verschluckendes monster.

was kann sie sich noch fürchten, ist der tod schon, ist der tod schon gestorben, was gilt es da noch zu fürchten.
und der tag beginnt mit einer panik attacke, im schlaf zerrissen, gerissen auf die muschel des scheissens und des kotzens. ohnmachts widerstand und seiten leiste krachend unter ihr, krachend zu boden, so lange liegend bis, ja bis ihr die tasche platzt, die tränen tasche platzt. von der muschel rutschend auf den boden, den kalten boden der fliesen des vorzimmers kracht die wange, die ungeschlagene, auf. der widerstand bricht und sie gleitet in einen schlechten, ohngemächtigen schlaf.

bald sieht sie wie ihre mutter aus, die nach dem krieg im bergwerk schuften durfte, für eine neue bessere welt. doch die menschen blieben, so wie sie waren,

wurden angehalten zu bleiben, wie sie waren. nur keine veränderung, still-stand-
bitte! ihr freund sieht wie ihr vater aus. nein, ihr vater war ihr freund, freund und
helfer in einer not, die es nur für ihn gab.
mit seiner kuhkappe schrie er nach normalität. sie lies sich nicht täuschen und der
würdenträger wischte sich über die würde, die getragen werden musste, um zu
bleiben was niemals war.
die anderen lassen sich nicht fürchten und feig sich feindet, sich anvergeht und
bleibt hängen und versteht sich nicht, verängstigt sich und schreit nach aufmerk-
samkeit. nach ego gesabbere.
ich habe es gut, anderen geht es viel schlechter, das mantra ihrer kindheit, jugend
und wenn sie nicht stirbt, dann für ewig. da eine korruption, hier eine kumpanei,
ein führender politiker ist der meinung jedes zimmermädchen sehnt sich nach
seinem schwanz in ihrem mund.

der letzte liebhaber schwemmt sich noch gelegentlich an ihr bett. das sanfte
erinnern vertuschte das zurück denken, seine wahrheit log sie an.
schulschikurs verhindert erwachsen sein, sie konnte ihre stumpfen nägel nicht
in seinen körper graben. er konnte sich ihre lust nicht zu eigen machen. in seiner
welt wurde alles grindig. das öl lies sie schwitzen. ausgleiten.
die fette braun-rote sosse kotzte sie an. der tisch wackelt. die sterne sind schon
lange versunken. sie pöbelt, grantelt, ein sonniger tag lässt die untiefe dort, dort
wo sie nicht ist, wo sie sich nie finden kann, dort wo sie hin will.

die üblichen verdächtigen kreisen sie ein, sie wollen gespräch und kontakt. aber
nur keine tiefe, nur gedanken und worte die leicht verdaulich sind. sie schwimmt
ihre längen und wird blutiger in ihren eingeweiden, sie weicht aus. nimmt die büro-
kraten-alltags-schwimmbrille und wird für die worte der anderen unerreichbar.
die hitze brennt sich über ihren rücken in ihr herz, tiefer in ihre magengrube.
sie stürzt davon getrieben in die nächste fast food kette, türkisch diesmal und
doch wird es ein backhendl und sie würgt es am heimweg in sich hinein und zu-
hause endlich, endlich zuhause – ruhe – ihre musik, ihr raum, ihr sein, das sie in ein
heute aufnimmt, zum essen aufnimmt, und sie glotzt mit begeisterung den staub
des alltags weg. gelassenheit kehrt ein und lässt sie angeschwemmt an diesem
tag zurück.

am morgen hastig aus dem haus in das verwüstete wohngebiet ihrer freundin.
die staatsmacht schritt ein und sie staunte den montag an.
die beiden linkshändigen polizisten, paranoide schizophrenie, der junge tu nicht gut will könig sein und ja, die politik gibt ihm recht, alles männlich - hochgelobt! alles männliche, nein, die maskulinisten werden beäugt, gefördert, befördert, es wird wieder erlaubt eine votze, eine möse zu sein, eine ohnmächtigkeit, eine erniedrigung.
eigenheim und wohnungsverwüstung. die helden die ihre aufträge aus den eiern heraus hören. aus den eigenen nicht der frauen eier, die das bestimmungsrecht fordern.
die vergangenheit bricht durch die gegenwart und trifft, zerschunden, zerschrammt. ihre teile zerstückeln am vergangenem. einen blick, einen zweiten blick.
sie schlug ihn aus ihrem leben. wie zwei ertrunkene klammerten sie sich an ihre wünsche. an ihr begehren das sich selbst vernichtet. noch sind, waren sie zwei, noch zaubern sie ein leben. ein zukunfts-leben.
eins sein mit einem menschen, der dem anderen in uns in nichts gleicht.
eine ansicht millionenmal die gleiche ansicht.

sie ersoff sich in ihrem durst, ihre schreie zerstörten die nächte, einen altar der grausamkeiten hatte er ihr geopfert. das opfer ihres überlebens. nieten, die sie ihm zu rollte, zu schob, hin bröselte.
worte waren ihre zweite sprache, die ersten, bilder, bilder im kopf. bilder vom hochgewürdigten der das kind, den sohn, von der strasse beförderte, hinein in den kalten frühlingsbach, mit toten steinen.
die sehnsucht ihrer höchst form verleitet. keine tiefere bedeutung verschenkt.
eine protektorin. eine beschützerin, die schützt, die mehr schützt als notwendig ist, keine eiseskälte mehr.
schützen vor überarbeitung, vor erinnerung, vor wut und hass, das jahr des hasses.
wichtigkeiten: nicht können, kein tun ohne wirkung, kein abend ohne aufbau, kein kuss ohne land in sicht.
wienerberge, bringen sie nur zum weinen und zum wein. sie mag wenn sich die geschichten bäumen. die wiesen dort waren bereits niedergemäht. das gelände verloren, verlassen.

eine kehrt wendung. neues aufbauen, das alte in schutt und asche legen. und das aussen bricht in die leute, die früher menschen hiessen, und vernichtet das innen. herum gebogen die eine sauerei. die zweite die sich nicht verrenken lässt. eine erholung wird das nicht werden mit den neolibs im gepäck.
wäre er ein freund, wäre sie sicher, aber freunde bröckeln ab, wenn sie ihre freundschaft nicht erproben müssen, nur hingeschmettert, hingeschluddert.
ein zirkus um das elend des anderen zirkus zu verdecken, abzuschalten, auszublenden, blenden.
ein elend deckt das andere zu. deck mich mit deinem elend zu, dachte er.
die sozialdemokraten können nicht mehr weiter. zuerst geschissen. zuerst davon laufen. dem höhepunkt davon gelaufen. abstreiten, abtreten. sich binden. an ein du binden. erfressen an einem ich. an einem du. an einem anderen, als du.
eine leistungsverweigerung, eine dabei sein leistungs-erfolgs-bewerbung.
die nächte sind voll der träume von verweigerung, das weinen wartet unter der oberfläche, als ein eigenes in eine welt vordringen. glückliches mit den worten, den brücken zur welt, die sich in einen abgrund neigen wollen.
sie schiebt ihre geldbörse mit den vielen karten über einen abgrund, steil geht es bergab, herüber mit einer gekritzelten note, notiz, auf der ein betrag steht, einen betrag, den sie sich nicht mehr leisten kann. entrüstet, ernüchtert, doch der mund bleibt verschlossen, verschluckt die neue demütigung.
die morgenschreiber, die sterne blühen, bersten vor lachen, welches glück, alles vergeht nur die sehnsucht, nur das verlangen bleibt, unerfüllt im warenkorb.
südlich der hölle beginnt dein körper, südlich. jede tiefe muss eine tiefste tiefe haben, die tiefste tiefe ist die hölle des hasses gegen sich selbst. die menschen die sie liebte gibt es nicht mehr, sie sind tot, gestorben im alltag von macht und geld und gier. das bleierne gewicht des hasses lud sie auf sich. der türlose, fensterlose raum ihres inneren exils.
medea geht so nicht, das laub kräuselt sich zu füssen, ein anderer himmel bricht herein in diese debatte, diese asyl debatte. diese elende. eine achse des niederträchtigen.
kleinigkeiten werden zu dreck, auf diesem safe haus tisch schiebt sich ein himbeerkuchen, himbeeren an venushügeln, zwischen den beinen der vulgarität.
die geschichten würden sich nur selbst tragen, in ihrem leben entsteht ein nachtloch.

meine damen und herren, die ihr es nicht seit, nicht werdet, und niemals ward, ich mag euch nicht. also nicht persönlich weil ich kenne euch nicht, ihr seit systemimmanent unerkennbar. so sprachen sie, als es noch ein wir, ein uns gab. jedes wort ein nicht wissen, ein nicht verstehen. verloren im jetzt, hier, heute. welch abenteuer, reiten durch den dschungel der papiere! welche geschichte halsen sie sich auf mit den lauten, lärmenden frauen.
die spiele ändern sich nicht und nicht der inhalt der spiele. die nachricht ward gesendet, die angst in den polster geschrien, bei nacht und nebel, hatte sie nicht ausgesorgt, ein mindest einkommen, die traurigkeit sickerte ein wenig nach.
die nächte verschwinden im getümmel vergangener streitigkeiten, zwistigkeiten. der zwist, der namen für orte, die aus der vergangenheit noch hervorleuchten wollen und dann weggestürmt werden.
mit den landesoberwichtigleuten ausgerissen, die schilder, die namen, die verhöhnung der versprechen, der gesetze. die richter schweigen, schweigen viel zu laut. eine geschichte des wegrennens, des verleugnens. die leute hören das schweigen und gehen in ihre häuser, in ihr einfamilienhausunglück. warten, bedauern. leben vom verlassen werden. nehmen endgültig abschied von den verlassenen.
ihr fehlen die worte, nicht immer, sie kann schon auch punktgenau landen. wir sind ein stück des weges gemeinsam gegangen - was jetzt fast schon schäbig klingt, dachte sie, dachte er.

it's getting worse from here.
die menschenrechtsorganisation tritt neuerdings für menschenhandel ein, versenkt schiffe und ertränkt die besucherinnen. sie zerbrechen leben und der klebstoff fehlt. er wurde zu teuer. zu unergiebig, wirft keine gewinne ab. keine unversteuerbaren.
sie hatte sich entschlossen den zufall zu lieben, eine sture treue zu einer aussichtslosigkeit, gebunden an eine linie, die sich nur durch verachtung auszeichnete. sie gab dem gleichgültigen universum eine bedeutung, doch treulos fing man sie nicht.
david bowie singt major tom und der vdb wird angelobt im echten TV, sie sieht die gehörlosensprecherin, ihre hände winken hin und her – applaus!
da erschafft sie sich ein ich, ein leben lang und dann steckt sie bis zum hals in diesem ich, das ihr unbehagen bereitet. so wie ihm. lass uns fortlaufen aus dem

alltags schinder leben, lass uns fortlaufen, doch die lohnrunde verspricht eine inflationsabgeltung. metaller fragen und führen. wer folgt ist verloren.
wer kann, will nicht folgen, einem bild das eingemeisselt ist in sich selbst.
dass er nicht sie sieht, das sie nicht sieht, nur das draussen, macht was es will mit dem bild des innen, das sich nicht wehren wird.
sie erstarken in ihrer schwäche. seine schwäche erstarkt in ihm. stark ist die schwäche in ihnen.
schwächen erstarken. der böse hund erwacht.
zuerst die wut, dann diese öde pumpe manipulation, vorn und hinten. die nächte taumeln den träumen entgegen und verstecken sich nur knapp an der oberfläche. die tage verweilen in ohnmacht und lethargie. gelobt sei der rücksichtsvolle, geräuscharme, des nachts lautlos automaten leerende und löwen befüllende egomane. ihr optimismus von früher war heute auch nicht mehr besonders.
mit neugier an einem überleben, das spannender sich zeigt, als manches leben, interessierte - im dämmerzustand materie-anti-materie, und der wastl liegt gut im rennen und zu kurz wird niemand kommen, der schon hat. der schon immer hatte, der die illusionen noch hatte, auch einmal etwas zu haben, einen saftladen zum beispiel, eine honigbiene vielleicht, jugend, naivität, altes machogehabe aufpoliert zu neoliberalem gebimmle. der heute heutige christian heisst heinzi und ist völlig ironiebefreit. die vergangenheit hat ausgang, die zukunft biegt eine schleife.

be-gegnen

was für eine begegnung! – eine begegnung, die dann doch keine ist. ein zusammen treffen. ein treffen das zerstört, ein treffen das nicht heilt. das nur wunden aufreisst, die noch nicht einmal diagnostiziert wurden.

narben, die sich noch nicht gebildet hatten, unter einer verletzung die gerade einmal zu bluten begann. die gerade das wahre ausmass ihrer flucht noch nicht erkennen lies.
ein notfall wird aus einer ge-, aus einer begebenheit – einer unachtsamkeit eines sonnigen nachmittages den sie sich erobern wollte. ein hinausbrausen aus der

engen zweisamkeit in ein neues grünes feld, in einen warmen strom mit feurigkeit in den händen, im kopf.
die urbane ehe hatte sie klein werden lassen, aus der enge des tales war sie in die enge der grossstadt und ihrer falschen prinzen geflohen.

jetzt war sie zurück.

jung und ungestüm wollte sie sich fühlen. die beine an die neue maschine gepresst. einen jung-mädchen-traum hatte sie sich erfüllt. nach den jahren der gebundenheit in der stadt war sie zurück gekehrt in eine heimatliche fremde aus jungen tagen. aus tagen der zuversicht, der hoffnung und des fort-wollens.

das tal hinauf, erinnerungen an die zeit mit dem geliebten, als es noch liebe gab, im überflogenen übermass, die zeit in den bergen und tälern, der freude, der lust. mit ihrem neuen, liebes-rot-glänzenden untersatz glitt sie die strassen entlang und genoss den wind der sonne und den schatten des lichtes. freude der vergangenheit holte sie ein und hüllte ihre zartheit in glück.

leichtfüssige einkehr in die wiederholung der alten, vergangenen zeiten, einkehr in die wirtschaft, die leicht zu bröckeln begonnen hatte.

doch die gelenkigkeit ging ihr verloren nach diesem trunkenen nachmittag. zerstob ihr aus den stuben der gastfreundlichkeit hinaus.

eine geschmeidigkeit, eine beweglichkeit, die sie anfangs des sommers gefunden hatte, nach endlosen träumen des versagens in denen ihr alltag dehnbar und nachgiebig geworden war.

aus dieser wonne war sie herausgestolpert, an einem zu früh abgebrochenen tag, nach einer sehnsucht, die sich nicht erfüllen lies, nicht heute und ungewiss ob und überhaupt.

abbruch nach der verlorenheit eines gleichgewichtes, eines fragilen, innen und aussen, nach dem abenteuer des weines mit der glatten, warmen strasse.

eine kurzbegegnung, ein schwacher aufprall, ein innehalten des schmerzsystems, da war sie gelandet, ein staunen über die schwerkraft, die sie noch glaubte auf ihrer seite zu haben.
sie hatte sie ausgespuckt, über den rand der mitte, in ein rechtes begrenzungsgemäuer, das ihren argwohn schon lange für sich gepachtet hatte.

staunen über den augenblick, geschlittert, in die arme der chirurgie, die sie täuschen wollte über das wahre ausmass ihrer verwunderung – und verwundet schienen ihr die schier endlos aufgebahrten urgrossmütter in der notaufnahme, die sie anzusehen vermied, die sie ohne zweifel als ihre eigene zukunft wahrnehmen konnte.

ein mahnmal ihrer zerbrechlichkeit, vor der sie noch ihre wut schützte. ihre zorneswut, die sie jung und athletisch hielt, die sie geschmeidig wie eine katze auf der lauer hat werden lassen.
die begegnung mit ihrem unglück schien sie aus der fassung gebracht zu haben, verloren drehte sie sich um und um sich selbst. wo leuchteten die lichter des notausganges. wo. sie irrte umher.

wo verblieb die ärtzliche schweigepflicht, wo das labyrinth der schwesterntracht verborgen. wo stand der unabgesperrte ätherschrank. wo die gegenwartsvernichtungspillen.

die maschinen summten beruhigend, ihr puls flog im horror. die alten frauen in ihrer eingefallenen hilflosigkeit suchten mit ihren fahlen augen die gänge des unvermeidlichen ab. stierten auf die verunfallte als hätte sie hier keinen platz, hier in ihrem revier. hier wo sie den nachgeborenen mitleid bis zur schnabeltasse abtrotzen konnten.

auf dem weg durchs weisse wirrwarr glotzten die deckenleuchten sie der länge nach an.

sie war auf dem weg gewesen, sie hatte sich nach der begegnung gesehnt, sie wollte eine begegnung mit dem anderen, unbedingt, unbedingt mit diesem leibhaftigen, doch jetzt, hier, in dieser gegenwart blöckte ihr nur das eigene spiegelbild entgegen.

sie wollte sich selbst aus dem weg gehen, sonst nichts.

wo war der notausgang?! zu lange, viel zu lange hatte sie schon danach gesucht.

lautlos schlich sie die gänge des grauens entlang, plötzlich wieder leicht gefusst und weitsichtig erspähte sie den sonnengelichteten ausgang, den nebensächlichen hauptausgang.
und ja, ja! er war gekommen, er hatte nicht auf sie vergessen, sie nicht im stich gelassen, endlich wieder glücklich sein, endlich wieder lachen bis die kehle sich biegt.

Marcel Hörmann

Ordinationszeiten: Textil und Leder

Der Frost hing noch in der Luft, als sich Peter Peterson auf den Weg in sein kleines Geschäft, in einer kleinen Seitengasse, in einer kleinen Stadt machte. Mehr routiniert als aufmerksam, wich er dem Wasserschwall aus, den Frau Mayer jeden Tag aus demselben Fenster auf die Straße leerte.

„Oh. Da hab ich sie ja fast erwischt."

Jeden Morgen dieselbe Entschuldigung. Peterson winkte ihr im Halbschlaf zu und machte einen routinierten Bogen um die Lacke zu seinen Füßen.

„Morgen!", der halblaute Ruf verlief sich auf dem Weg zu Frau Mayer, die das Fenster bereits geschlossen hatte. Peterson schlenderte durch die kleine Gasse, winkte bekannten Gesichtern zu und gähnte laut, ungeniert. Vor einer kleinen Tür machte er Halt, streckte sich den Schlaf aus dem Körper und begann in seiner Manteltasche nach dem Schlüssel zu tasten. Der Bund war so klein und alt wie die Gasse und das Geschäft, das eine Generation übersprungen hatte. Petersons Vater war in die Wirtschaft gegangen, was seinem Großvater das Herz gebrochen hatte. Um den Familienfrieden zu wahren und die Tradition fortzuführen, hatte er das Geschäft mit zwanzig Jahren übernommen, ohne auch nur einen Tag zuvor darin gearbeitet zu haben. Als Kind hatte er seinem Großvater oft Gesellschaft geleistet, dabei aber nichts über die Führung eines Kleinbetriebes gelernt, viel mehr in welchem Haufen der Mittagsschlaf besonders angenehm war. Die Tür schwang mit einem Quietschen nach innen auf, blieb jedoch auf halben Weg stecken, so dass sich Peterson mit dem Körper dagegen lehnen musste. Das Quietschen übertönte die kleine Glocke, die über der Tür angebracht war und als Hinweis auf Kundschaft diente. Peterson blieb stehen, beäugte das Glöckchen und entschied sich auch heute weder die Tür zu ölen, noch die Klingel zu entfernen. Er seufzte halblaut, betrat das dunkle Geschäft, lehnte sich erneut gegen die Türe, die sich gegen das Schließen genauso wehrte wie gegen das Öffnen und begann seinen Tag.

Peterson mochte den Vormittag. Kunden waren sowieso rar und vor Mittag kam niemand, also verbrachte er die ruhigen Stunden damit, einen Kaffee nach dem anderen zu trinken und auf ein besseres Leben zu hoffen. Ein Leben, in dem sein Vater das Geschäft übernommen hatte und er selbst in die Wirtschaft gegangen

war. Peterson konnte nicht nein sagen und das hatte ihm vor Jahren ein heruntergekommenes Textilgeschäft, Schulden und unerfüllbare Tagträume eingebracht.
Die Zeit der Ruhe wurde von einem dumpfen Knall durchbrochen, der viel besser auf Kundschaft aufmerksam machte, als ein altes Glöckchen. Peterson seufzte, stellte das Häferl auf die Seite und widmete sich der Gestalt, die die Tür nicht öffnen konnte.
„Sie müssen sich dagegen lehnen, sonst wird das nichts!"
Die Tür ging auf und hinein stolperte eine keuchende ältere Dame, bei deren Anblick sich Peterson doch etwas schuldig fühlte und die Türe vielleicht doch ölen, oder den Kunden zumindest aufmachen sollte. Als sie den Tresen erreicht hatte, schien sich ihre Atemlosigkeit verschlechtert zu haben, Peterson lief vor Schuldgefühlen rot an. Mehrmals öffnete sie den Mund um zu sprechen, schloss ihn dann jedoch, da sich die Lungen noch nicht gefüllt hatten und öffnete ihn wieder, nur um dann erneut nach Luft zu ringen. Nach fünf Minuten des kontrollierten Atmens, hatte sie zurück ins Leben gefunden und Peterson wünschte sich im Boden zu versinken.
„Widerspenstige Tür haben Sie da." brachte sie schließlich heraus und Peterson antwortete mit einem aufgesetzten Lächeln. Die ältere Dame ließ den Blick durch das Geschäft schweifen, als wäre sie auf der Suche nach etwas, wollte jedoch nur der unangenehmen Stille entkommen und Peterson eine Möglichkeit geben seine Scham zu überwinden.
„Kann ich Ihnen behilflich sein?" stammelte Peterson nach viel zu langer Zeit, in der die ältere Dame die Hoffnung beinahe aufgegeben und den Tanz zwischen Kundin und Verkäufer abgebrochen hatte.
Sie kramte in ihrer Tasche und holte einen zerknüllten Zettel hervor, den sie auf den Tresen legte. Peterson nahm sich der Liste sofort an und trug alles zusammen, was die Dame benötigte. Von Erleichterung beflügelt, hatte er sogar Spaß an seiner Arbeit und gab der Kundin Rabatt, auf den ohnehin schon reduzierten Preis. Peterson verabschiedete sie mit einem ehrlichen Lachen und widmete sich einer Zeitung, die er unter dem Tresen für die langweiligen Stunden verstaut hatte.
Er blätterte zweimal um, dann erneut ein Knall. Peterson hob den Kopf, um den neuen Kunden zu begrüßen. Alle Farbe wich aus seinem Gesicht, als ein verwirrter Mann das Geschäft betrat. Schnell faltete er die Zeitung, um nach dem Datum zu suchen.

„Verdammt!“ schrie er innerlich, es war schon der fünfte. Geschlagen verstaute er die Zeitung wieder unter dem Tisch und seufzte frustriert.

„Guten Tag, Herr Franzens. Was kann ich denn heute für Sie tun?“

Mit gesenktem Blick durchschritt der Mann vorsichtig das Geschäft. Am Tresen angelangt sah er Peterson durchdringend an und hielt die Handfläche an den Mund, in der Sorge jemand, oder etwas könnte ihr Gespräch belauschen.

„Die Angstzustände, Herr Peterson. Immer diese Angstzustände.“ sagte er kaum hörbar und beinahe fluchtartig, dann sah er mehrmals über die Schulter, um sich zu vergewissern, dass ihm niemand gefolgt war.

Peterson stieß die Luft aus und verdammte den Tag, der so gut angefangen hatte. Während Peterson in Gedanken nach einer Lösung für die Angstzustände seines Kunden suchte, tippte Herr Franzens mit den Fingern nervös am Tresen und schreckte laut auf, irritiert vom Geräusch, das seine eigenen Hände machten. Peterson schloss die Augen und schwor sich, dass er Franzens heute ein für alle Mal loswurde. Seit seinem letzten Besuch arbeitete Peterson an einer Lösung, die die Leiden seines Kunden endlich heilen würde. Er hob demonstrativ einen Finger, als fiele es ihm gerade wie die Schuppen von den Augen, dann verschwand er im Lager, wodurch Franzens Angst für immer alleine gelassen zu werden neue Höhen erreichte. Er kletterte halb über den Tresen und schrie spitz nach Peterson, der nach wenigen Augenblicken bereits wieder auftauchte.

„Ich habe hier etwas ganz besonderes für Sie.“ versuchte er seinen Kunden zu beruhigen und es schien für einen Moment Wirkung zu zeigen.

Peterson hielt dem ängstlichen Franzens ein blaues Garn vor die Nase, der ihn verwirrt musterte und dann zurückschreckte. Peterson verdrehte die Augen und platzierte es auf dem Tresen, damit sich Franzens ganz ohne Druck und auf seine Weise nähern konnte. Er ging in die Hocke und begutachtete die Wolle interessiert, stupste sie mit einem Finger an und sah zu wie sie davon rollte. Mit einem kindlichen Lachen spielte Franzens mit dem Garn, als löste es seine Ängste in dem Moment auf, in dem es von der linken Hand in die rechte rollte. Peterson verbuchte seine Idee als Erfolg auf ganzer Linie.

„Wann immer Sie sich von den Angstzuständen überrumpelt fühlen, spielen Sie mit der Wolle und Sie werden sehen, dass sie plötzlich verschwinden.“

Franzens hörte ihm gar nicht zu, sondern ließ das Garn über den Tresen rollen. Er kicherte jedes Mal, wenn er der Wolle einen Stoß gab und sie beinahe vom Tisch fiel.

„Darf ich die haben?“ fragte er, ohne vom blauen Ball aufzusehen, fasziniert von seiner beruhigenden Wirkung.

„Freilich, Herr Franzens. Viel Spaß damit.“ lächelte Peterson „und kommen sie nie wieder!“ dachte er sich insgeheim, als er den glücklichen Kunden aus seinem Geschäft geleitete.

Ihm fiel ein Stein vom Herzen, als er sich gegen die Tür lehnte, um sie zu schließen. Wie konnte er übersehen, dass es schon der fünfte war? Er schlug sich mit der flachen Hand auf die Stirn und verdammte auch gleich den restlichen Monat. Über die Jahre hatte es sich eingebürgert, dass am fünften ein ganz besonderer Kundenstamm bei Peterson vorbeischneite. Menschen, die in psychiatrischer Behandlung viel besser aufgehoben waren, als in einem Textil- und Ledergeschäft. Aus unerfindlichen Gründen zogen sie Peterson, geschultem Fachpersonal vor. Franzens war einer dieser besonderen Kunden, die ihn als Heiler ihrer Leiden auserkoren hatten. Peterson konnte sich beim besten Willen keinen Reim auf seine Rolle als Vertrauter der Verwirrten machen. Er war stets gelangweilt, abweisend und machte keinen Hehl daraus, seinen Unwillen den Kunden direkt ins Gesicht zu sagen und trotzdem kamen sie immer wieder.

Als hätte Franzens den Startschuss gegeben, plagte sich auch schon der nächste Stammkunde mit der Türe, die Peterson scheinbar einen Gefallen tat, in dem sie es den Verwirrten erschwerte sein Geschäft zu betreten. Doch ein fester Stoß verschaffte einem kleinen Mann mit hochrotem Kopf sofort Eintritt, der mit großen Schritten auf Peterson zukam und mit der Faust auf den Tresen schlug.

„Mir reicht's!“ schrie er und sein Gesicht nahm immer tiefere Rottöne an.

„Diese Drecks Tür! Wie lange geht das jetzt schon?“ fragte er und fuhr fort, ohne auf eine Antwort zu warten.

„Drei Jahre mindestens!“ der Mann war so in Rage, dass er beinahe vergaß zu atmen.

Er stützte sich am Tisch ab und versuchte sich zu beruhigen, was für ihn einer herkulischen Aufgabe gleichkam, der arme Mann litt nämlich an schrecklichen Wutanfällen, die kein Garn der Welt besänftigen konnte. Peterson wartete den Zyklus des Furors ab, der sich immer gleichgestaltete; Herr Adalbert schrie, musste Luft holen, schrie und war irgendwann mit der Kraft am Ende. Dann ging er ohne sich zu verabschieden. Von allen Stammkunden war er Peterson am liebsten. Diesmal schien die Lage jedoch ernst, da er keine Anstalten machte das Geschäft wieder zu verlassen. Adalbert holte so tief Luft, dass sein kleiner massiger Leib so stark vibrierte, dass es Peterson am anderen Ende des Tresens spürte.

„Ich sag's Ihnen." schnaufte Herr Adalbert. „Ich halt das alles nimma aus. Die Wut, Herr Peterson, die Wut." – mehr brachte er nicht mehr heraus.

Auch bei diesem Fall wusste Peterson intuitiv um die Lösung des Problems. Scheinbar hatte er heute einen Lauf. Sofort eilte er ins Lager und ließ den kurz vorm Zusammenbruch stehenden Kunden alleine, der sich kaum hörbar über die schlechte Qualität des Bodens aufregte.

„Viel zu uneben ... zu braun." drang die Stimme des Mannes zu Peterson in den hinteren Teil des Geschäfts durch.

Peterson kehrte mit Wolle und Stricknadeln zurück, was ihm von Herrn Adalbert einen wutentbrannten Blick einbrachte. Wie schon zuvor bei Herrn Franzens, legte er dem Kunden die Ware auf den Tresen. Mit einer ausholenden Handbewegung Versicherte Peterson dem rot angelaufenen Adalbert, dass Stricken Wunder wirkte. Nicht nur, dass es die ständigen Wutausbrüche in Kreativität transformierte, am Ende kam sogar etwas Hübsches dabei heraus. Ein Schal zum Beispiel, sehr geeignet für den Strickanfänger. Herr Adalbert schien wenig überzeugt und schien von einem erneuten Furor nicht weit entfernt. Bevor sich sein Kunde in der Rage verlor, griff sich Peterson Wolle und Nadeln. Langsam, Schritt für Schritt zeigte er Adalbert wie mit den Utensilien umzugehen war.

Mit den Worten „versuchen Sie es doch einfach" reichte er dem Choleriker Wolle und Nadeln.

Ungläubig ahmte Adalbert Petersons Handbewegungen nach und stellte sich als Stricktalent heraus. Langsam wich die rote Farbe aus dem Gesicht und machte einem natürlich Teint Platz. Schlaufe, um Schlaufe verflog die Wut und ein sanftes Lächeln huschte über die Züge des ständig schlecht gelaunten Mannes. Peterson nickte zufrieden und versuchte sich die Überraschung, ob des Erfolgs seiner Methodik, nicht anmerken zu lassen. Herr Adalbert war wie ausgewechselt. Völlig vertieft in die Arbeit und mit engelsgleicher Contenance hüpfte er aus dem Geschäft, ohne sich dabei über die Unebenheit des Bodens zu beschweren.

Im selben Moment, in dem Adalbert zur Tür hinausgehüpft war, trat die nächste Patientin ein; eine Frau mittleren Alters, die schwor dass der Geist ihrer Mutter sie jede Nacht heimsuchte und für jede Entscheidung ihres Lebens zur Rede stellte.

Peterson schnippte mit den Fingern, da sich ihm auch hier die Lösung wie auf dem

Silbertablett präsentierte. Den Geist der Mutter zu exorzieren erschien ihm einerseits zu extrem, andererseits hatte Peterson keine Ahnung wie man einer Projektion aus der Unterwelt dabei half ungelöste Probleme aufzugeben. Er huschte erneut ins Lager und kehrte mit einem Traumfänger zurück, den eine junge Kundin im Bastelunterricht vor Jahren für ihn gemacht hatte und bot ihn der Frau als Lösung all ihrer Probleme dar. An diesem fünften Tag des Monats hatte Peterson Eingebung um Eingebung. Für jedes Leiden, das seiner Stammkundschaft den Verstand raubte, fand er eine passende Heilmethode. Die Stimmen in ihrem Kopf sind plötzlich besorgniserregend? Kein Problem- hier selbstgemachte Ohrenschützer, die sie ausblenden. Ihr Hund möchte die Weltherrschaft an sich reißen? Vermutlich ist ihm einfach nur kalt- decken sie ihn mit einem unserer besonders weichen Stoffe zu. Was es auch war, Peterson schüttelte eine Heilung nach der anderen aus dem Ärmel bis er es tatsächlich geschafft hatte jeden einzelnen langjährigen Kunden an einem Tag loszuwerden. Es einen Lauf zu nennen war eine Untertreibung. Woher ihm die Ideen kamen, war Peterson ein Rätsel. Er hinterfragte es aber gar nicht erst. Wozu auch? Solange es funktionierte war ihm völlig gleich welcher Geistesblitz in ihn gefahren war. Peterson war seine gesamte Stammkundschaft an einem Tag losgeworden und das musste gefeiert werden. Er sah auf die Uhr und atmete erleichtert aus. Gleich war es geschafft und um die Uhrzeit benötigte kaum noch jemand Textilien oder Leder, er konnte somit früh die Luken dicht machen. Der Knall der widerspenstigen Tür machte ihm jedoch einen Strich durch die Rechnung- zu früh gefreut. Peterson hielt in seiner Arbeit inne, ließ den Kopf hängen und schlurfte durch das Geschäft. In der Sorge einer älteren Dame erneut unnötig Kraft zu rauben, ließ Peterson die Kundschaft herein. Er blickte in das rötliche Gesicht einer jungen Frau, die ihm beim Öffnen der Türe beinahe in die Arme stolperte. Peterson kratzte sich verlegen am Kopf und lächelte schief, als er sie hereinbat. Die junge Frau bedankte sich mit einem schüchternen Nicken und folgte seiner Geste durch das Geschäft. Peterson durchschritt den kleinen Raum zügig, um an seinen Platz hinter dem Tresen zurückzukehren. Außer Atem versuchte er sich die nicht vorhandene Kondition nicht anmerken zu lassen. Die junge Dame hatte sowieso nur Augen für die Einrichtung des Geschäfts. Die Hände hinter dem Rücken verschränkt, tanzte sie durch Petersons Laden und kicherte in sich hinein. „Sind Sie auf der Suche nach etwas Bestimmten?“ erkundigte sich Peterson nachdem die Kundin bereits einige Zeit verloren im Kreis gegangen war.

Als hätte sie auf ein Zeichen gewartet, machte die junge Frau auf dem Absatz kehrt und tanze mit großen Schritten auf Peterson zu. Plötzlich stand sie vor dem Tresen und beugte sich nach vorne, wobei Peterson einen verstohlenen Blick in ihren Ausschnitt warf und knallrot anlief.
„Schön haben Sie's hier!" befand die junge Frau und beugte sich noch weiter nach vorne, so dass sie beinahe auf dem Tisch lag.
Ihr Parfüm bahnte sich einen Weg zu Petersons Nase und er unterdrückte den Drang tief einzuatmen, um den süßlichen Duft in sich aufzunehmen. Er versuchte sich zusammenzureißen und machte einen Schritt nach hinten, um ihr und einer möglichen Schamesröte zu entkommen. Als Antwort auf Petersons Flucht, legte sich die junge Frau tatsächlich auf den Tresen und winkte ihn unbeholfen heran. Peterson beugte sich zu seiner Kundin herunter, die ihm scheinbar etwas ins Ohr flüstern wollte. Ihr warmer Atem kitzelte ihn und Peterson musste ein Zucken, gefolgt von einem vermeintlichen Kichern, unterdrücken. Er war ihr so nahe, dass ihn ihr Duft nun einnahm – sie roch nach Apfel.
„Ich habe das noch nie jemandem gesagt." flüsterte sie sanft in sein Ohr und Petersons Herz setzte einen Schlag aus.
„Ich glaube, ich bin Gott."
Mit diesen Worten richtete er sich auf und ließ den Kopf hängen. An einem Tag war er alle losgeworden, er hätte ein ruhiges Leben haben können, aber nein. Kurz vor Schluss musste ja die Nächste kommen. Peterson wollte einfach nur seine Arbeit, die er sich aus Traditionsbewusstsein hatte aufschwatzen lassen, machen.
„Haben Sie es schon mal mit Häkeln versucht?"

Kult des Halms

Alles umfassende Finsternis. Ungekannte Schwärze. Hin und wieder ein Funken des Lichts, der für einen Moment in der Dunkelheit aufblitze, nur um sich im nächsten wieder in ihr zu verlieren. Er hatte die Augen geschlossen, da der Blick auf die eigenen Lider heller war, als die unendliche Halle, in der er gefangen war. Langsam, beinahe lethargisch drehte er sich zur Seite. Sein riesiger Körper emittierte ein winziges Licht, das sofort von der Finsternis gefressen wurde.

Manchmal glaubte er Schritte, oder gar Stimmen in der Halle zu hören. Öffnete er die Augen, war er jedoch wieder alleine, umhüllt von Schwärze und Unendlichkeit. Wie jegliche Form des Lichts, verloren sich auch seine Gedanken und Erinnerungen in der Finsternis. Äonen brachte er in einem traumlosen Halbschlaf zu, der ihn an seiner eigenen Existenz hinderte, ihn unter Kontrolle und in Gefangenschaft hielt. Er drehte sich erneut zur Seite, lautlos, passiv, mehr Reflex, als bewusste Bewegung. Plötzlich, ohne dass er seinen Weg bemerkte, schlängelte sich ein Geruch durch die schwarze Halle. Vorbei an ziselierten Säulen, die sich in einen endlosen Himmel erstreckten, an seinem gigantischen Körper empor, bis er ihn sanft kitzelte. Leben vibrierte durch seinen massigen Leib und unterbrach den Halbschlaf für einen Augenblick. Dies reichte jedoch aus, dass er sich seiner selbst zum ersten Mal seit Äonen bewusst wurde. Bilder rasten an seinem geistigen Auge vorbei, die er für vergessen, verloren gehalten hatte und doch schienen sie so lebendig und frisch, als erlebte er sie im selben Moment. Die Bilder verebbten, als sich der Schlaf erneut über ihn, wie ein Mantel des Vergessens, legte. Der Geruch stieg in unsichtbaren Schwaden empor, tanzte unbemerkt und schwerelos durch die Halle, bis er sich schließlich in ihr verlor. Unter dem Gewicht des Halbschlafes sackte er zusammen und vergaß sich erneut.

Kräuter brannten in der Mitte des Raumes und tauchten alles in einen grauen, unüberwindbaren Rauch, der unzählige Augen zum Tränen brachte. Ein stetiges Husten, hervorgerufen von Geruch und beißendem Nebel, wurde von hohen Wänden zurückgeworfen und vermischte sich mit einem Singsang, der von außerhalb zu kommen schien. Dutzende, in roten Stoff gehüllte Figuren waren im Raum versammelt und versuchten ihr Bellen zu unterdrücken. Obwohl der Rauch ihre Kehlen und Lungen angriff, atmeten sie immer größere Mengen ein, auf das diese sie in Trance und darüber hinaus, in eine andere Welt führten. Der Nebel wurde immer dichter und der Geruch immer penetranter, bis die roten Gestalten langsam hinter der grauen Wand zu verschwinden drohten.

Plötzlich teilten sich die Schwaden, als eine einzelne Figur, umhüllt von gelben Roben, durch den Raum schritt. In immer größer werdenden Wellen brach der Rauch an den hohen Wänden und stieg sanft zur Decke empor, wo er wie ein Schwert über der roten Menge hing, deren Husten nun langsam verebbte. Langsam bewegte sich die gelbe Figur, jeder Schritt hallte durch den Raum, als er an den in Rot gehüllten Menschen vorbei, zu einer Tribüne ging. Mit ausgebreiteten

Armen, die den Stoff seiner Robe wie einen goldenen Wasserfall, der seinen Körper herunterfloss, wirken ließ, richtete er das Wort an die versammelten Menschen.
„Die Zeit ist gekommen!"
Dies reichte aus, um einen Aufschrei des Triumphs durch die Menge gehen zu lassen, in dem der Sprecher badete, als gelte er ihm und nicht dem, der hinter einer unüberwindbaren Mauer aus Zeit und Finsternis schlummerte. Er wandte der Menge den Rücken zu, wobei der gelbe Stoff flatterte und nun Züge von Flügeln angenommen hatte. Die rote Menge hinter ihm begann zu singen und leicht von links nach rechts zu wippen, während sich ihre Kehlen zu fremden und perversen Lauten ausdehnten und wieder zusammenzogen. Angefangen mit einem Flüstern, wuchs der Gesang zu einem einzelnen Schrei heran, bis er plötzlich erstarb und eine unwirkliche Stille über den Raum hereinbrach. Kein Laut schien die Ruhe durchbrechen zu können, nicht einmal die Bewegungen des in gelben Stoff gehüllten Mannes, der die Arme in die Höhe riss und den Kopf in den Nacken legte, wobei seine Robe in einem lautlosen Wind flatterte.
Ein ungewöhnlicher Laut durchbrach die Dunkelheit und er horchte für einen Moment auf. Fremde Stimmen drangen zu ihm vor. Er kannte die einzelnen Silben, die von fremden Zungen verunstaltet und gedämpft sein Ohr erreichten. Es war eine Sprache, die längst in Vergessenheit geraten war, die selbst Wesen, so alt wie er nicht mehr benutzten, so archaisch und unhandlich war sie. Und dennoch klang sie für ihn wie Musik. Sie erinnerte ihn daran, dass es eine Welt außerhalb der Finsternis gab, eine Welt voller Licht und Leben, nach der er sich sehnte. Der Halbschlaf unterdrückte den Wunsch auszubrechen und drängte ihn zurück in die Passivität, die ihm plötzlich so viel angenehmer erschien, als die Idee zu einem erfüllten Leben zurückzukehren. Die Worte zerfielen zu einzelnen, unverständlichen Silben, dann zu Lauten, die eher tierischen, als intelligenten Ursprungs waren und schließlich zu Stille.
Die gelbe Gestalt knirschte frustriert mit den Zähnen. Im nächsten Moment drehte sie sich jedoch mit ausgebreiteten Armen um und antwortete den fragenden Blicken mit einem zuversichtlichen Lachen, die das rote Meer zu seinen Füßen zu beruhigen schien. Mit einer Drehung wandte er sich wieder ab und legte die Stirn in Falten. Sie standen kurz vor ihrem Ziel, er konnte es fühlen, doch schien etwas von Bedeutung zu fehlen. Die brennenden Kräuter lagen auf einem kleinen Altar und die gelbe Gestalt sah zu wie ihre Glut langsam erlisch. Noch stieg der weiße

Rauch langsam empor, nur um sich im nächsten Moment komplett aufzulösen. Die Figur beobachtete, wie das rituelle Kraut nach und nach an Leben verlor. Die gelbe Gestalt strich die Kapuze vom Kopf und atmete tief durch verkohlte Nasenlöcher ein und wieder aus, wobei schwarze Hautfetzen sanft durch die Luft, auf den kleinen Altar segelten. Das Entfernen der Kopfbedeckung gab den Blick auf einen haarlosen, verbrannten Schädel frei. Die Gestalt strich sich mit knochigen Fingern über den Kopf und verkohlte Schuppen rieselten auf gelbe Schultern, wo sich ihre dunkle Farbe stark vom hellen Stoff abhob. Blitzblaue Augen huschten in schwarzen Höhlen durch den Raum, auf der Suche nach etwas, das das Ritual beschleunigen, zumindest vorantreiben würde. Auf ihrem Weg machten sie an einer Wand halt, die von innen heraus aufzubrechen schien. Ein schwarzes Loch klaffte und pulsierte direkt vor der Gestalt. Die Finsternis hinter der Wunde in der Welt schien langsam in den Raum vorzudringen und drohte alles zu verschlingen. Das wortwörtliche Zeitfenster stand weit offen. Sollten sie versagen, würde es sich jedoch nicht schließen, sondern immer größer werden, bis es alles Leben in sich aufgenommen hatte, doch selbst dies würde nicht ausreichen, um es zu schließen. Der Kultist drehte sich um. Die rote Menge richtete ihren Blick gespannt auf den Mann und erwartete seine Anweisungen.

„Zeigt euch!"

Seine Stimme hob sich über die Stille und wurde hundertfach vom Raum zurückgeworfen. Gleichzeitig entfernten die Menschen ihre Kapuzen und dutzende verkohlte Köpfe kamen zum Vorschein. Ein Lächeln huschte über die Züge des Mannes. So war es gut, jeder Einzelne war erwählt worden, trug das Zeichen, die Berührung der Kalamität. Ein Gefühl der Freiheit durchströmte die gelbe Gestalt. Hier war er unter Gleichgesinnten, hier musste er sich nicht hinter falschem Fleisch verstecken, hier waren alle eins. Er schloss die Augen und nahm den Moment in sich auf, ließ sich von ihm leiten, von ihm entführen. Vertraute Bilder der Unendlichkeit und in ihr herrschende Finsternis tauchten vor seinem geistigen Blick auf. Es war Jahre her, dass er unter der schwarzen Decke der Halle gestanden war, geschweige denn sie zu Gesicht bekommen hatte. Es war ein Zeichen. Ein Zeichen, dass die neue Welt nur darauf wartete eingeläutet zu werden und er selbst war es, der alles ins Rollen bringen würde. Er stand am größten Wendepunkt, den die Menschheit je gesehen hatte. Ein Zucken der Freude ging durch seinen verkohlten Körper und die Gestalt öffnete, mit neugefundener Zuversicht, die Augen.

„Zeigt euch!“ schrie er erneut.

„Zeigt ihm, wer wir sind! Zeigt euren Segen!“

Seine Stimme spitzte sich zu, bis sie eine manische Höhe erreicht hatte. Er befreite seinen verbrannten Leib vom gelben Stoff und hieß die anderen an es ihm gleichzutun. Mit leuchtenden Augen beobachtete er wie die Menschen ihre Hüllen fallen ließen und Ekstase machte sich in ihm breit. Jetzt würde er sie sehen, sie erkennen, seine Anhänger, seine Kinder, den Kult des Halms. Schwarze Gestalten reckten sich auf einem Boden aus rotem Stoff. Sie dehnten ihre Körper, als hätten sie sich von einer schweren Last befreit, die sie seit Jahren auf ihren Schultern trugen. Manche Kultisten windeten sich noch aus den Roben, während andere ihre verbrannten Körper begutachteten und die Köpfe in den Nacken legten. Der Anblick von verhungerten, verkohlten Gestalten, die sich mechanisch bewegten, ließ ein freudiges Zittern durch den Körper des obersten Kultisten gehen. Er betrachtete sie wie seine Jungen, ihre Bewegungen gleichgesetzt mit jenen von Tieren, die sich aus dem Ei in die Welt kämpften. In diesem Moment empfand er nichts als Liebe für jene, die sich entschieden hatten ihm, hinter die Fassade, in ein neues Reich zu folgen. Nackt wandte er sich dem Riss, der zwei Welten verband, zu und richtete das Wort an das, was darüber hinaus im Schatten lag.

„Sieh uns, erkenne uns, lege deine Fesseln ab und führe uns in das Licht, das nur du herbeiführen kannst!“

Ein weiterer Laut durchbrach die Finsternis, der den Halbschlaf für einen Moment verdrängen konnte. Sein massiger Leib zuckte, als ihn unbekannte Wörter, spitz wie Nadeln, in die Seite stachen. Er riss die Augen auf und drehte sich in die Richtung, aus der er den Störenfried vermutete. Gleißendes Licht, dessen Ursprung er jenseits der Halle vermutete, brannte in seinen Augen und zwang ihn tiefer in die gähnende Leere der Finsternis. Unter perversen Lauten der Anstrengung, die kein menschliches Ohr je wahrgenommen hatte, setzte er seinen uralten Körper in Bewegung. Von seinen Ketten befreit, bewegte er sich ungelenk vorwärts, jeder Schritt schmerzend und unbeholfen. Das Ausbleiben des Schlafes bot einer plötzlichen Wut Platz, die ihn vorantrieb- Schmerzen und Unbeholfenheit ignorieren ließ. Während Schreie von außerhalb weiter zu ihm vordrangen, wurde er sich seines Hasses der endlosen Dunkelheit gegenüber bewusst. Trotz äonenlanger Passivität beflügelte ihn dieser Hass, sandte Kraft in seine Glieder und richtete ihn Muskel um Muskel, Knochen um Knochen zu seiner vollen Größe auf, bis sein dunkler Körper über die endlose Schwärze selbst zu ragen schien. Die fremden Schreie irritierten ihn, hallten in seinen Ohren tausendfach wider und fachten die Wut in seinem Innersten weiter an. Riesige Arme schossen durch die Dunkelheit, als er versuchte die Geräusche zu verdrängen. Wie ein wildes Tier schlug er um sich, getrieben von einer tief sitzenden Wut, die er noch nicht zu deuten wusste. Mehr trotziges Kind, als primordiales Wesen, das den Anfang der Zeit gesehenen hatte, wütete er durch die Halle, die so lange sein Gefängnis gewesen war. Mit einem Hieb seines rechten Armes zerschmetterte das Wesen eine der Säulen, die den Himmel dieser Welt trug. In ohrenbetäubendem Lärm wurde sie in Stücken durch die Finsternis geschleudert, bis der ziselierte Obsidian in ungeahnter Ferne kaum hörbar aufschlug. Das Beben des Tobsuchtsanfalls wurde durch den Riss in den Dimensionen in die Welt der verkohlten Kultisten getragen, die unter dem Tremor ängstlich zusammenzuckten. Ein Raunen ging durch die Menge, das von Sorge und Zweifel geleitet war. Die Menschen sahen einander verwirrt an, hoben die Hände schützend über die schwarzen Köpfe, in der Angst, dass der hohe Raum über ihnen zusammenbrechen könnte. Eine Geste des gelben Mannes versuchte Ordnung in das Chaos aus Stöhnen und Beben zu bringen. Er selbst war erfüllt von Zuversicht und Glück. Der Than war erwacht, das Ritual ein Erflog. Der oberste Kultist hielt die Menge an, ihrem himmlischen Herren den Weg zu weisen, auf dass er endlich sein Gefängnis aus Passivität und Finsternis verlassen würde, um sie zu leiten. Langsam vergaßen die Kultisten ihre Angst vor dem Unfassbaren, das hinter einer schwarzen Wunde in der Welt lauerte. Sie begrüßten es stattdessen, luden es ein, gänzlich durchzubrechen und die Herrschaft über die Erde zu übernehmen. Sie rissen die Arme empor und schrien nach dem Than, auf dass er sich zeigte, die Finsternis hinter sich ließ und ins Licht trat. Die Schreie der Menge wurden von dem schwarzen Loch in die unendliche Halle getragen, in der das primordiale Wesen, von blendendem Zorn geleitet, versuchte sein uraltes Gefängnis durch rohe Gewalt zu zerstören. Kein klarer Gedanke fasste Fuß, wurde stets von Wut verdrängt, es schien als lehnte er Raison ab, um seinem Frust freien Lauf zu lassen. Seinen Wärtern, wo auch immer sie sich versteckten, zu zeigen, dass nichts und niemand ihn binden konnte. Er legte den Kopf in den Nacken und versuchte zu schreien, doch ohne Erfolg. Zu lange hatte er in Schweigen gelebt, sodass die Muskeln nicht wussten, wie sie einen willkürlichen Laut zu formen hatten. Von seiner eigenen Unfähigkeit irritiert, wuchs der Zorn weiter an, bis er

verheerende Ausmaße erreicht hatte. Nichts konnte ihm noch Einhalt gebieten und das Beben der Halle echote durch die Dimensionen, bis die hohen Wände des Raumes, in dem sich die Anhänger des Thans versammelt hatten, von feinen Rissen gezeichnet war. Nicht einmal dieses Zeichen der Warnung konnte dem Wahn der Anhänger noch Einhalt gebieten. Öliger Schweiß rann von verkohlten Gesichtern und bildete schwarze Lacken auf weißem Steinboden. Als ginge der Tremor des Wütens nicht nur in den Marmor des Raumes, sondern auch in die Körper der Menschen über, zuckten die Kultisten wie wild und schlugen sich gegenseitig mit schlaffen Gliedern. Die gelbe Gestalt konnte ihre Freude, ob des Spektakels nicht mehr zurückhalten. Sie presste die Schenkel fest zusammen und stieß einen hohen Laut der Entzückung aus, als sich die Anhänger des Kults mit jedem Augenblick mehr vergaßen. Manche umgriffen ihre Kehlen so stark, dass ihre Stimmen jegliche Menschlichkeit verloren bis sie wie Tiere grunzten, die sich an Dreck und Sonne erfreuten.
Schreie und Licht, die durch den Riss in der Welt in die Dimension des Thans drangen, gaben seinem Ausbruch ein neues Ziel. Er hatte sich an den plötzlichen und ungewohnten Lichteinfall gewöhnt und schleppte seinen massigen Leib in Richtung des Portals, das ihn endlich aus der nichtendenden Dunkelheit führen würde. Langsam setzte er einen Fuß vor den anderen, während Obsidian vom Himmel regnete und den Than jedes Mal um ein Haar verfehlte. Die Halle begann zusammenzubrechen und drohte das Wesen mit sich zu nehmen, als setzte sie alles daran ihre Aufgabe, den Primordialen für alle Zeit zu fesseln, zu erfüllen. Er stand vor dem Riss in seiner Dimension. Noch zögerte er sich hindurchzuzwängen, doch nur für einen Moment, dann setzte der blinde Furor erneut ein und trieb ihn vorwärts. Er holte aus und rammte seine rechte Klaue in den Weg ins Freie. Mit ungeheurer Kraft vergrößerte er das Portal, bis sein Körper genug Platz hatte, um dem Ruf seiner Anhänger zu folgen.
Gleißendes Licht strömte aus dem schwarzen Loch in den Raum. Unter Schreien des Schmerzes, verdeckten die Kultisten ihre Augen. Für manche war es jedoch zu spät. Das Licht ihres Herrschers ließ das Weiß in den Höhlen kochen, bis es verdampfte und die Hälfte der Menschen blind und am Boden kriechend zurückließ. Am schlimmsten traf es die gelbe Gestalt, die so nahe am Portal stand, dass sie innerhalb eines Augenblickes zu Asche verbrannt worden war. Der Riss weitete sich und eine Form, die kein menschlicher Ausdruck beschreiben konnte, verschaffte

sich Zugang zur Erde. Manche sahen einfach nur einen Schein, während andere Konturen und Umrisse zu erkennen glaubten, die sich mit jedem Moment veränderten, oder gar verschwanden. Wieder andere glaubten einen Stern aus goldenem Licht ausmachen zu können, der sich um sich selbst drehte und den Raum, die ganze Welt vibrieren ließ. Die Begegnung mit ihrem Herrscher, ihrem Gott war nur von kurzer Dauer, als er sich zur Gänze durch den Riss in der Welt gedrängt hatte, war alles vorbei. Sein Licht nahm alles in sich auf, sogar Leben. In dem Moment, als der Kult Augen auf den Than gelegt hatte, war sein Schicksal besiegelt. Als Schreie, Gerüche und Bewegungen der Kultisten verebbt waren, legte sich der Zorn des Wesens. Mit seinem Glanz kehrte auch wieder innerer Frieden ein. Er atmete laut aus, wobei er die Asche seiner Anhänger im Raum verteilte. Mit einem unterdrückten Stöhnen, richtete er sich zu seiner vollen Größe auf, wobei er die hohen Wände des Raumes niederriss und den Kult des Halms bis auf seine Grundfesten zerstörte. Endlich hatte er in die Welt zurückgefunden, die Bühne des alten Schauspiels, auf der sich nun alle einfinden würden, um ihm Einhalt zu gebieten.

Die Monde des Saturns

Langsam machte die Wolkendecke einem klaren, sommerlichen Nachthimmel Platz. Ein Anblick, der in den lichtverschmutzten Großstädten mehr einem Wunder, als nächtlichem Hauptakteur gleichkam. Mit dem Daumen fuhr Norbert die Helligkeit seines Handybildschirms herunter, da der Mond mehr als genug Licht spendete, um den kleinen Balkon am Rande des zweiten Wiener Gemeindebezirks zu beleuchten. Auf einem nicht ergonomisch geformten Holzsessel, den Norbert vor Jahren im Zuge eines Workshops hergestellt hatte, rief er seiner Freundin zu, dass sie schnell alle Lichtquellen in der Wohnung ausschalten und zu ihm auf den Balkon kommen solle. In der plötzlichen Dunkelheit stieß sich Franziska den kleinen Zeh an der Glastür, die auf die sieben Quadratmeter an der Hausfassade führten und machte ihren Freund, zu Recht, für den Schmerz verantwortlich. Ohne ein Wort wies Norbert zuerst auf den zweiten, dilettantisch gefertigten, Holzsessel und dann auf den Nachthimmel. Franziska folgte seiner Geste und pfiff erstaunt, den Schmerz in ihrem linken Fuß sofort vergessend. Vorsichtig setzte sie sich hin, in der Sorge, dass die Sitzmöglichkeit unter ihrem Gewicht seine traurige Existenz beenden würde. Norbert war vieles, begabter Handwerker auf keinen Fall. Franziska hielt den Atem an, als ihr Gesäß den dreibeinigen, und dadurch instabilen, Sessel berührte. Nach kurzem besorgniserregendem Gewackel schien der Sessel ihr Gewicht, wie durch ein Wunder, ausbalanciert zu haben. Sie stieß die Luft erleichtert aus. Zur Sicherheit würde sie sich den Rest des Abends nicht bewegen. Norbert beobachtete den Akt des Hinsetzens seiner Freundin mit einer hochgezogenen Augenbraue. Er war sich sowohl seiner handwerklichen Fähigkeiten, als auch der stabilen Konstruktion sicher und konnte das ängstliche Procedere seiner Freundin nicht nachvollziehen. Trotzdem hatte er sich in all den Jahren nie selbst auf den Dreibeiner gesetzt. Franziska ignorierte Norberts Blick und schwor sich, die Balkonmöbel so bald wie möglich zu entsorgen. Dass sie sich dies schon bei ihrem Einzug in die Wohnung vorgenommen hatte, ignorierte Franziska ebenfalls und versuchte vorsichtig irgendeine Art von Sitzposition einzunehmen.

„Hast Du so etwas schon gesehen?" fragte Norbert und wies auf den Nachthimmel.

„Ja. Aber nicht in der Stadt." antwortete Franziska, ohne sich zu bewegen.

Die beiden saßen für einen Moment still auf dem Balkon und beobachteten das Spektakel über ihren Köpfen. Franziskas Blick glitt über den gesamten Himmel, als wollte sie das Bild einfangen bevor es so schnell verschwand, wie es erschienen war. Norbert hob hingegen einen Finger, mit dem er in Kreisen den Nachthimmel nachzog, während sich seine Lippen lautlos bewegten.

„Wusstest Du?" begann er, machte dann jedoch eine Pause, in der er die Augen zusammenzwickte.

Franziska senkte den Kopf: „Mhm?"

„Wusstest Du, dass LED-Straßenbeleuchtung das Licht in einem direkten Kegel auf die Straße wirft?"

Franziska schüttelte den Kopf, während Norbert weiterhin zu zählen schien.

„Würde die Stadt auf LED wechseln, hätten wir jede Nacht so einen Himmel."

Franziska pfiff erstaunt: „Was glaubst Du was das wieder kosten würde?!"

Sie war durch und durch rational, gab sich nie Tagträumen hin, zumindest nicht auf dieselbe Art wie ihr Freund. Norbert war sich dessen durchaus bewusst und es störte ihn. Sich diesen Träumen hinzugeben, verlor bedeutend an Reiz, vor allem wenn ihn Franziska zurück in die Realität holen wollte, ob bewusst oder nicht, spielte dabei kaum eine Rolle.

„Was machst Du da eigentlich?“ fragte Franziska, die Norbert dabei zusah wie er mit dem Zeigefinger Kreise durch die Luft zog.

Ihr Freund zuckte unmerklich zusammen und war für einen Augenblick völlig still. Für Franziska hatte es den Anschein, als wüsste Norbert selbst nicht genau was er tat. Ohne zu antworten und als setzte sein Gehirn plötzlich wieder ein, fuhr Norbert fort Kreise zu ziehen. Franziska legte den Kopf in die Schräge und begann sich Sorgen um ihren Freund zu machen.

„60, 61 und 62.“ sagte Norbert laut und senkte den Finger.

„62 was?“ hackte Franziska nach, die sich das Verhalten ihres Freunde nicht erklären konnte.

„Sterne natürlich.“ antwortete Norbert mit einer Selbstverständlichkeit, die Franziska beinahe für einen Moment an sich selbst zweifeln ließ.

„Warum zählst Du denn bitte Sterne? Und gleich 62?“ fragte Franziska verwirrt.

„Hast Du noch nie von den Monden des Saturns gehört?“ wunderte sich Norbert und legte den Kopf in die Schräge.

Auf das ahnungslose Schulterzucken seiner Freundin antwortete er mit einem Grinsen, das von einem bis zum anderen Ohr reichte. Norbert wies Franziska an, sich zurückzulehnen, was auf Grund des dreibeinigen, wackeligen Sessels leichter gesagt, als getan war. Franziska versuchte es dennoch vergeblich, da der Stuhl bereits bei der kleinsten Bewegung besorgniserregende Geräusche von sich gab. Norbert hob erneut den Zeigefinger und zog einen Kreis über den Nachthimmel.

„Das hier ist das Sternbild, das von genau 62 Sternen gebildet wird. Darum ist es auch nach den Monden des Saturns benannt, der hat nämlich 62 Trabanten.“ erklärte Norbert während Franziskas Blick den Bewegungen seiner Hand folgte.

„Noch nie gehört.“ sagte sie leise.

„Das wundert mich nicht!“ antwortete Norbert.

„Nur die wenigsten kennen das Sternbild, liegt vermutlich daran, dass sich niemand die Mühe macht 62 Sterne zu zählen.“

„Niemandem ist halt so langweilig wie Dir.“ Franziska sprach den Gedanken nicht aus.

„Soll ich Dir die Geschichte des Sternbildes erzählen?“ fragte Norbert und Franziska wusste bereits, dass er sie so lange nerven würde, bis er ihr die Geschichte erzählen durfte. Sie atmete laut aus und nickte, woraufhin das ohnehin schon unnatürlich breite Grinsen ihres Freundes noch breiter wurde.

„Wie alle Sternbilder, meines Wissens nach, hat es seinen Ursprung im antiken Griechenland. Im Sommer, die besten Geschichten passieren ja irgendwie immer im Sommer. Wenn ich mich richtig erinnere, kam Hyperion eines Tages völlig fertig von der Feldarbeit nachhause. Jeden Tag schuftete der Arme bis er abends komatös ins Bett fiel, Kollektivverträge und Zeitausgleich gab es bei den alten Griechen ja noch nicht. Du kannst Dir also vorstellen, dass Hyperion irgendwann genug hatte. An dem für die Geschichte ausschlaggebenden Abend, ich glaube es war ein Freitag, entschied er sich seine Freunde zusammenzutrommeln. Hyperion war der Ansicht, dass Abwechslung hermusste, um der Eintönigkeit seines Lebens endlich ein Ende zu bereiten. Er war nämlich kurz davor wahnsinnig zu werden, verständlich wenn Du mich fragst. Also setzte er sich an diesem Freitagabend hin und schrieb seinen Freunden, dass sie am Samstag ordentlich feiern sollten."
„Er schrieb seinen Freunden?" fragte Franziska und konnte ein Schmunzeln nicht zurückhalten.
„Ja. Auf Papyrus oder worauf die damals schrieben. 61 kleine Zettel, die er dann per Taube an seine Freunde verschickte. Das dauerte natürlich die ganze Nacht. Hyperion war Feldarbeiter und konnte sich eben nur einen Vogel leisten. Er hatte Glück, dass die anderen noch wach waren und die Taube gleich wieder zurückschickten, sonst wäre die Feier gar nicht erst zustande gekommen."
Nun war es Franziska, die ungläubig eine Braue in die Höhe zog. Norbert räusperte sich zum Zeichen, dass es in der Geschichte nicht um antike Kommunikation oder arbeitsrechtliche Fragen ging und fuhr fort.
„Wie dem auch sei; am Samstagabend versammelte sich die Gesellschaft der Feierlustigen auf dem Hügel außerhalb der Polis, um es so richtig krachen zu lassen. Rhea, die Tochter eines Händlers, war für Snacks zuständig gewesen und hatte in einer Nacht – und Nebelaktion das Lager ihres Vaters geplündert. Janus und Titan waren für die Beschaffung des Weins eingeteilt worden. Keine leichte Aufgabe, besorg bei dem Gehalt eines Feldarbeiters Wein für 62 Leute. Wie sie es geschafft haben ist über die Jahrtausende und in der Übersetzung jedoch verloren gegangen. Ich bin mir sicher, dass irgendjemand auch noch für die Musik zuständig gewesen war, aber glaubt man den Vasenbildern, spielten die Griechen sowieso alle zumindest Flöte."
Ein weiteres Mal zog Norbert seinen Finger über den Himmel, als müsste er sich erinnern wie die Geschichte der Monde des Saturns weiterging. Franziska hob den

Blick und versuchte die ominöse Konstellation von 62 Sternen, die einen perfekten Kreis formten, zu finden- ohne Erfolg. Als er die Hand senkte, schien er den Faden wieder gefunden zu haben und erzählte weiter, während Franziska eine Sternschnuppe beobachtete wie sie bei ihrem Eintritt in die Atmosphäre verglühte.
„Bei Sonnenuntergang war die Partie schon ziemlich gut dabei. Ymir lag bereits unter einem Baum und weinte, weil sie nicht verstand, weshalb sie mit ihren 20 Jahren noch nicht verheiratet war. Dione strich ihr währenddessen durchs Haar und versicherte ihrer Freundin, dass sie nicht als alte Jungfer sterben würde, obwohl sie dabei ihre Zweifel hatte. Epimetheus schlug vor, Amphoren Pong zu spielen, was bei den anderen auf Zuspruch in Form von lautem Gegröle führte. Hyperion versuchte bei Phoebe zu landen, die sich aber lieber die Seele aus dem Leib tanzte und nur Augen für Pan hatte, der auf der Aulos lebensverändernde Töne zum Besten gab."
Norberts Geschichte ging detailliert weiter. An einem Punkt musste er sogar aufstehen, um Phoebes Tanz nachzuahmen, da er Sorge hatte, dass Franziska den *epischen* Verlauf der Feier sonst nicht nachvollziehen konnte. Norbert ging auf jeden der 62 Teilnehmer ein und stellte die meisten Eindrücke der Feier pantomimisch nach. Angefangen vom Siegesschrei des Teams, dass im Amphoren Pong gewonnen hatte, bis hin zu Ymirs depressiver Stimmung, die im Laufe des Abends auf Dione übergegangen war. Franziska war nach der dritten Tanzaufführung, die ihr Freund nachgestellt hatte, ausgestiegen und betrachtete indes lieber den Nachthimmel, der mit seiner unendlichen Zahl an Lichtern nicht so überfordernd war wie die Geschichte ihres Freundes.
Schweißgebadet und außer Atem ließ sich Norbert auf den Sessel fallen, der wie durch ein Wunder unter dem Gewicht standhielt.
„Und so hat es Erriapus an diesem Abend geschafft endgültig das Rauchen aufzugeben." keuchte Norbert zum Schluss.
„Das erklärt aber nicht wie sie zu einem Sternbild geworden sind." sagte Franziska, nachdem sie ihrem Freund eine kurze Pause gegönnt hatte.
„Nicht? Ich dachte, das liegt auf der Hand." antwortete Norbert nachdenklich.
„Für Dich vielleicht. Ich hab' keine Ahnung."
„Na sie haben sich an diesem Abend ins All geschossen!"
Aus den Augenwinkeln konnte Franziska erkennen wie das Grinsen ihres Freundes langsam größer wurde. Sie entschied die Geschichte unkommentiert zu lassen, konnte sich ein Schmunzeln und Kopfschütteln jedoch nicht verkneifen.

Befremdlicher Auftritt

Er sitzt hinter den Kulissen, hinter schweren Vorhängen und wartet. Einer nach dem anderen, stolzieren die Autoren an ihm vorbei und er beobachtet sie aus den Schatten heraus, während sie kaum Notiz von ihm nehmen. Die Schriftsteller ähneln einander bis zum schwarzen Rollkragenpullover und der viel zu großen Hornbrille, die ständig von der Nase rutscht. Mit einem gespreizten Finger bewahren die selbsternannten Künstler die Spektakeln vom Herunterfallen – das Markenzeichen der Berufsgruppe. Er kann ob der Individualität, die sie alle zu einem einzigen enganliegenden Pullover verschmelzen lässt, nur lachen. Der Applaus aus dem Publikum unterbricht seine Überlegungen.

Er lehnt sich in seinem Sessel nach vorne, um seinen Blick auf die Bühne zu richten. Im hellen Scheinwerferlicht steht eine schlanke Frau. Ihre langen, blonden Haare sind fest zu einem Zopf zusammengebunden. Er kennt die Autorin nicht. Mit einer tiefen Verbeugung stellt sie sich vor, natürlich mit einem Pseudonym, in dem das obligatorische -Van- nicht fehlen darf. Er lehnt sich wieder zurück, legt den Kopf in den Nacken und atmet frustriert aus. Als sie zu lesen beginnt, driftet sein Geist wieder ab, müde von den individuellen Texten, die vom Leid des Künstlers in einer unfairen Welt handeln. Gedämpft dringen schwere Worte und der Aufschrei an eine bessere, mitfühlendere Gesellschaft an sein Ohr. Dann erneuter Applaus, den er nicht nachvollziehen kann. Seit zwei Stunden dasselbe: Ein Rollkragenpullover verbeugt sich theatralisch und trägt Melancholie in freiem Vers vor. Die Autorin stolziert von der Bühne, Brust herausgestreckt und sich dem Gewicht ihrer individuellen Botschaft gewiss. Er wartet bis sich ihre Schritte hinter den Kulissen verlaufen, dann schnaubt er verächtlich, um seiner Frustration Raum zu verschaffen. Ein kaugummikauender Mann Anfang zwanzig lässt den Zeigefinger über ein Klemmbrett wandern und winkt ihn schließlich aus dem Schatten auf die Bühne – endlich ist es soweit. Ächzend erhebt sich der Autor aus dem Sessel und folgt dem Assistenten zum schweren Vorhang, der aus theatralischen Gründen zugezogen wurde. Ohne die Augen von seiner Liste zu nehmen, zählt der junge Mann an der linken Hand bis drei. Mit einem Zeichen des kaugummikauenden Assistenten wird der Stoff zu zwei Seiten geöffnet und der Schriftsteller mit einem sanften Stoß auf die Bühne getrieben.

Das grelle Licht des Scheinwerfers blendet ihn, doch unterdrückt er den Drang eine Hand schützend an die Stirn zu legen, er ist schließlich kein Amateur. Er lässt den Blick über die Sitzreihen gleiten. Auf Grund der Scheinwerfer sind die Gesichter des Publikums kaum zu erkennen, Reaktionen auf seinen Text herauszulesen gestaltet sich unmöglich. Die obligatorische, tiefe Verbeugung erspart er sich, stattdessen richtet er das Wort an die Zuhörer, jedoch nicht um zu lesen. Mit nasskalten Händen umfasst er das Mikrophon, zieht es näher zu sich heran.

„Guten Abend." hallt seine Stimme im Saal und in seinen Ohren wider.

Mit einer raschen Bewegung zieht er das Mikrophon aus der Verankerung und beginnt stumm auf der Bühne hin und her zu gehen. Sein Blick wandert über die Ränge der Zuschauer. Zwei Mal setzt er das Mikrophon an um zu sprechen, zwei Mal senkt er es wieder. Die Gesichter im Schatten beunruhigen den Schriftsteller. Er atmet tief ein und stellt sich auf die Bodenmarkierung, die den Punkt der besten Beleuchtung und Akustik anzeigt. Mit der rechten Hand steckt er das Mikrophon zurück in seine Verankerung und tastet mit der linken nach dem gefalteten Text in der Gesäßtasche. Als er die Kanten des Zettels spürt, hält er inne und sieht auf.

„Wissen Sie, es frustriert mich. Nein, es macht mich fertig!"

Trotz des Verstärkers an seinen Lippen, hallt die Stimme gedämpft, leise durch den Saal. Das Publikum ist still. Kaum wahrnehmbar geht Bewegung durch die Reihen. Vielleicht hat sich jemand aufgesetzt, vielleicht ist es ganz einfach nur Einbildung. Im Rücken spürt der Autor die Nervosität des Assistenten. Auf die Markierung stellen, verbeugen, lesen, erneut hinter dem Vorhang verschwinden: das ist der besprochene Ablauf, dem jeder Schriftsteller zugestimmt hat. Jetzt abzubrechen, ihn von der Bühne zu holen, steht außer Frage. Als er den Vorhang passierte, wurde er für die Produktion unantastbar. Der Autor hat die Möglichkeit seiner Frustration Worte zu verleihen und er nutzt sie.

„Nicht nur heute, hier, schon mein gesamtes Leben höre ich, was für ein schrecklicher Ort diese Welt ist. Was für ein schreckliches Wesen der Mensch ist."

Das Flüstern seiner Stimme erhebt sich nun zu einem lauten Widerhall über die Reihen des Publikums. Die Frustration des Autors verdrängt das Unbehagen, das er gegenüber der im Schatten liegenden Zuschauer verspürt und spornt ihn an, seiner Meinung endlich Ausdruck zu verleihen. In einer theatralischen Pause löst er das Mikrophon aus seinem Ständer und beginnt erneut langsam über die Bühne zu wandern, die Bodenmarkierung und die mit ihr verbundenen Regeln ignorierend.

„Ich frage mich, was treibt uns an die Welt zu verdammen? Wir, die wir in gesegneter Ignoranz leben!"

Er streckt einen Arm nach hinten, zeigt auf den hinter der Dunkelheit liegenden Vorhang und adressiert seine individuellen Kollegen und sich selbst.
„Was ist uns widerfahren? Warum geben wir uns der Melancholie auf solch eine Weise hin? Weil wir im Herzen spüren, dass wir etwas bewirken können oder weil es in ist? Folgen wir nicht einfach nur einem Trend, der uns eher zum Erfolg führt?"
Ein leises Hüsteln unterbricht seinen Monolog. Der Autor verfällt in Schweigen und schüttelt den Kopf. Er lächelt auf Grund seiner eigenen Individualität.
„Nein ..." zuerst leise, mehr zu sich selbst als in den Verstärker.
„Nein! Das ist es nicht! Es ist völlig gleich. Das ist nicht worum es geht!"
Er wirkt verwirrt, als ordnete er seine Gedanken während er die Sinnlosigkeit seiner im Stehgreif verfassten Botschaft erkennt. Der Autor geht zurück zur Markierung. Ein ständiges Hin und Her. Ruhig steht er vor dem Mikrophon, sein Atem hundertfach verstärkt. Erneut tastet er nach dem Text in seiner Gesäßtasche, erneut hält er inne als er ihn spürt. Der Autor lässt die Arme hängen.
„Warum muss die Welt schrecklich sein?"
Er richtet die Frage nicht nur an das Publikum oder an die Schriftsteller im Schatten, auch an sich selbst.
„Warum können wir uns nicht an all dem Schönen erfreuen, das sie zu bieten hat? Warum haben Witz und Charme keinen Platz? Warum muss alles düster sein, geprägt von Schmerz?"
Stille. Absolut. Und ein Gefühl des Unbehagens, das den gesamten Raum erfüllt. Der Autor beginnt unter seinem schwarzen Pullover zu schwitzen. Sein Gesicht wird heiß – er hat den Stein ins Rollen gebracht. Wie für die Produktion, so gibt es auch für ihn kein Zurück mehr.
„Besteht unsere Aufgabe tatsächlich darin auf Leid aufmerksam zu machen? Sollten wir es durch unsere Texte nicht eher mindern, dem Leser ein Lächeln auf die Lippen zaubern, als ihn in den Sumpf zu ziehen, aus dem wir selbst nicht mehr herausfinden?"
„Individualität!" sagt er nach einer Pause, als wolle er die Zuschauer wachrütteln.
„Individualität, die sich durch immer gleiche Texte verliert. Wir sind nicht originell, wenn wir dasselbe Thema bis in alle Ewigkeit aus unterschiedlichen Perspektiven beleuchten. Wir glauben, uns gegen ein System aufzulehnen und einen Unterschied zu bewirken. Dabei sind wir schon lange selbst zu einem verkommen, das sich nicht traut etwas Neues zu versuchen!"

Sein Atem ist laut. Kein Applaus, keine Bewegung, die Reaktion des Publikums bleibt ihm weiterhin ein Rätsel. Einzig das nervöse Kaugummikauen des Produktionsassistenten dringt zu ihm durch. Der Autor atmet aus, verstellt die Höhe des Mikrophons, festigt seinen Stand auf der Bodenmarkierung und zieht den gefalteten Zettel aus der Tasche. Alles ist gesagt. Der Frustration Raum gemacht. Lesen ist das Einzige, das bleibt. Er entfaltet den Zettel, hält ihn in beiden Händen und verbeugt sich tief vor dem Publikum.
„Tod! Tod! Alles ist tot!" flüstert er in den Verstärker und die zuvor im Schatten verborgenen Gesichter scheinen nun plötzlich vor Begeisterung zu erstrahlen.

Inspektor Schwarz

Eine dichte Wolkendecke verdunkelte den Himmel. Dicke Regentropfen prasselten auf ein blaues Blechdach, unter dem aus der Ferne drei Silhouetten zu erkennen waren. In einigem Abstand hatte sich eine Traube aus Schaulustigen gebildet, die mit der Kamerafunktion ihrer Telefone Fotos von der frühmorgendlichen Szene machten. Polizisten versuchten die Menge in Schach zu- und von Blitzfotografie abzuhalten – ohne Erfolg. Der Voyeurismus der Zivilisten kannte in Situationen wie dieser kaum Grenzen. Stumm und mit leerem Gesichtsausdruck hämmerten sie mit dem Zeigefinger auf den kleinen Knopf an ihrem Mobiltelefon, um den gesamten Tatort in verwackelten Bildern einzufangen. Auf Verwarnungen der Beamten reagierte die Menge meist mit einem Schulterzucken, gefolgt von einer erneuten Serie, die mit Filtern die Runde durch das Adressbuch machte.
Unter dem Blechdach, geschützt vor dem Regen, knieten zwei Ermittler über einer Leiche, die vor wenigen Stunden von einer Pensionistin auf ihrem morgendlichen Spaziergang gefunden worden war. Die Arme stand trotz Decke und Heißgetränk noch immer unter Schock. Ein Psychologe versuchte sie zu beruhigen, indem er sie in eine Decke nach der anderen einwickelte und ständig Tee nachschenkte. Einer der Inspektoren stand auf, richtete den Kragen seines Mantels und beobachtete die Leiche aus einer erhöhten Perspektive. Er legte die Stirn in Falten, spielte an seinem Kragen herum und atmete schließlich laut aus.

„Klare Sache! Der Zustand der Leiche lässt wenig Raum für eine Alternative.“ sagte er zu seinem Kollegen, der das Opfer seit einer halben Stunde aus derselben Perspektive betrachtete.

Nun erhob sich auch der zweite Ermittler, nahm den Hut vom Kopf, kratzte sich und gesellte sich neben seinen Kollegen, der triumphierend in die Hände klatschte.

„Gehen wir's noch einmal durch.“ antwortete er und lugte zur alten Dame hinüber, die unter dem Gewicht der Decken keinen beruhigten Eindruck machte. Der Psychologe schien am Ende seiner Weisheit angelangt zu sein.

Ein roter Ford Fiesta bog mit quietschenden Reifen in den Parkplatz ein, auf dem sich die Leiche befand. Dies hatte ein Blitzgewitter der Telefonkameras und eine weitere Tasse Tee für die alte Dame zur Folge. Die Tür des Autos wurde langsam geöffnet, wobei mehrere Dosen aus dem Inneren auf den Parkplatz rollten. Ächzend stieg ein Mann von großer Statur, gehüllt in einen beigen Mantel, aus. Er warf einen Blick auf die Schaulustigen, tippte sich mit einem Finger an die Stirn und schüttelte den Kopf. Aus der Ferne winkte er den beiden Ermittlern zu, die lächelnd unter dem Blechdach standen.

„Meine Herren Inspektoren.“ begrüßte der Mann die Ermittler mit fadem Ausdruck.

„Herr Inspektor.“ antworteten die Männer gleichzeitig.

Der Neuankömmling ging in die Hocke, wobei seine Knie ein besorgniserregendes Knacksen von sich gaben, und begutachtete die Leiche.

„Klare Sache!“ sagte er nach kurzer Zeit und die beiden Inspektoren nickten einander stolz zu.

„Eindeutig ein Unfall!“ fuhr der Mann nach einer kurzen Pause fort.

„Ein Unfall, Herr Inspektor Schwarz?!“ fragte einer der Ermittler perplex.

Er hatte sich vermutlich nur verhört. Dem Gesichtsausdruck seines Kollegen nach zu urteilen, war Inspektor Schwarz scheinbar tatsächlich der Meinung, dass es sich bei diesem Fall um einen Unfall handelte. Der Ermittler machte einen Schritt nach vorne und beugte sich über die Leiche. Wie er es auch betrachtete, es konnte sich nur um einen Mord handeln. Der Regen wurde stärker und trommelte laut auf das Blechdach.

„Ein Unfall?“ erkundigte sich der Ermittler wie in Trance und seine jahrelange Erfahrung und Expertise als Mitarbeiter des Morddezernats in Frage stellend. Ächzend richtete sich Inspektor Schwarz auf, wobei seine Knie erneut laut knacksten. Der andere Ermittler starrte indessen stumm auf die Leiche und schien sich im Geiste zusammenzureimen wie dieser Mord doch ein Unfall sein konnte, während er sich am Hinterkopf kratzte.

„Sind Sie denn blind?“ fragte Schwarz seinen Kollegen, der ihn weiterhin ungläubig ansah. „Es sprechen doch alle Indizien dafür!“

Der Ermittler war durchaus bemüht die Indizien zu suchen, von denen der Inspektorkollege sprach, konnte sie aber beim besten Willen nicht sehen. Er ging mehrmals um die Leiche herum, in der Hoffnung, dass er in der letzten halben Stunde ein kleines, ausschlaggebendes Detail übersehen hatte.

„Also doch blind!“ unterbrach Schwarz die verzweifelte Suche des Ermittlers.

„Wir können gerne den ganzen Tag damit verbringen auf einen Geistesblitz zu hoffen, den Sie beide scheinbar dringend brauchen, oder Sie lassen mich meine Arbeit machen und wir sind in fünf Minuten fertig. Ganz wie Sie wollen.“

Der ahnungslose Ermittler nickte stumm, um Schwarz seine Arbeit machen zu lassen. Der Inspektor ging neben der Leiche in die Hocke und zog einen Kugelschreiber aus der Innentasche seines Mantels.

„Das Opfer war mit großer Wahrscheinlichkeit spät abends unterwegs und vermutlich betrunken.“ sagte er langsam, um sicherzugehen, dass die Kollegen seiner Erklärung folgen konnten.

„Ich tippe auf einen Todeszeitpunkt zwischen elf und zwölf Uhr nachts. Das Opfer war wohl mit Freunden in einem Lokal und hatte die Zeit aus den Augen verloren.“ fuhr er fort und tippte mit dem Kugelschreiber auf die Armbanduhr der Leiche, die stehengeblieben war.

„Als sich das Opfer der späten Stunde bewusst geworden war, leerte es vermutlich sein Getränk in einem Schluck, was den Zustand der Intoxikation beschleunigt hatte. Er verabschiedete sich von seinen Freunden oder war alleine im Lokal, das tut genau genommen nichts zur Sache, und machte sich auf den Weg, um den letzten Zug zu erwischen.“ sagte er und zeigte, ohne aufzusehen, mit dem Kugelschreiber in die Richtung, in der sich die Station befand.

Der Blick der beiden Ermittler folgte der Bewegung des Inspektors. Im Hintergrund begann die alte Dame unter den Decken zu schwitzen. Mittlerweile hatte der Schock einem Gefühl des Unbehagens gegenüber dem Psychologen Platz gemacht.

„Beachten Sie die Größe des Mannes!“ sagte Schwarz und zog die Aufmerksamkeit der beiden Beamten erneut auf die Leiche unter dem Blechdach.

„Um den Zug rechtzeitig zu erwischen, beschleunigte das Opfer seinen Schritt und knallte mit dem Kopf gegen das Straßenschild, das sich am Eingang des Parkplatzes befindet."

Wieder benutzte er den Stift und wies auf das tiefhängende Schild, das sich nur wenige Meter vom Unfallort befand. Dann zeigte er auf die Stirn des Opfers.

„Was die Beule hier erklärt."

Die Kollegen nickten und Schwarz fuhr mit der Auflösung des Falls fort.

„Der Größe der Beule nach zu urteilen, hatte der Zusammenstoß mit dem Schild Folgeschäden. Bis wir eine Bestätigung eines Arztes erhalten haben, bleibt das jedoch eine Theorie. Ich schätze, dass wenig später der Regen eingesetzt hat. Als er das Blechdach gesehen hat, entschied das Opfer in seinem Zustand, dass es klüger war Schutz vor dem Wetter zu suchen, als den letzten Zug zu erwischen. Auf Grund des Platzregens begann der kürzlich Verstorbene zu laufen, um nicht länger als unbedingt nötig dem Schauer ausgeliefert zu sein."

In einer kurzen Pause hob der Inspektor den Arm und zeigte auf das Holzgestell, welches das Wellblech stützte und lenkte die Aufmerksamkeit der Ermittler erneut auf die Körpergröße des Opfers. „Er stieß sich erneut die Stirn, daher auch die zweite Beule. Durch die Wucht des Zusammenpralls verlor er seine Balance, torkelte für einen Moment und kam dann zu Fall. Unglücklicherweise landete er auf diesem Stein, den vermutlich ein besorgter Autofahrer wegen der Schräge des Parkplatzes hier platziert hatte und den PKW vor einem davonrollen bewahren sollte. Ein Fall auf einen stumpfen Gegenstand aus einer Höhe von über 1.90 Metern, genaue Größe muss noch gemessen werden, endet mit hoher Wahrscheinlichkeit tödlich. Durch die angesammelte kinetische Energie des Aufpralls und der stumpfen Beschaffenheit des Gegenstandes, endete der Sturz nicht auf dem Stein sondern wenige Zentimeter daneben." Die Ermittler folgten den schnellen Richtungswechseln des Kugelschreibers.

Inspektor Schwarz erhob sich stöhnend.

„Wie Sie dies als Mord deklarieren konnten, ist mir schleierhaft. Wenn Sie mich nun entschuldigen, es gibt vermutlich Orte, an denen ich gebraucht werde. Meine Herren Inspektoren." nickte er den Kollegen zu.

„... spektor." stammelten die beiden Beamten, während sie Schwarz dabei beobachteten wie er zu seinem Ford Fiesta zurückschlenderte.

„Hören Sie doch endlich mit den Decken auf!" schrie er den Psychologen, beim Anblick des rot angelaufenen Gesichts der Zeugin, an.

Michael Buczak

Am Balkon

Gestern am Abend stand ich am Balkon
um die frische Luft zu genießen –
die Abkühlung nach einem heißen Tag

An eben jenem Balkon saß ich vor einem Monat
Ich las Gombrowicz bis elf Uhr vormittags –
bis die Sonne anfing den Balkon mit ihren Strahlen zu wärmen

Dieser Balkon war auch die Bühne für ein Gespräch
das mir Hoffnung geben sollte
obwohl ich schon am Anfang allein die Idee absurd fand

Die Frage war:
Will ich hierher ziehen?
Es wird ein Zimmer frei …

Der Abend an dem ich stritt

Angefeuert durch ihr Lachen
goss ich Öl ins Feuer
gab nicht nach
und provozierte

Normalerweise
wenn ich Dampf ablasse
genügt mir ein Satz, ein Wort, ein Widerspruch

Doch diesmal
kannte meine Widerrede
kein Ende

Seine Schwester

Seine Schwester
ist gestorben
verkünden verwundert und betroffen meine Eltern

Ich kannte sie nicht einmal vom Hörensagen
„Was soll ich damit anfangen“, dachte ich mir
und sagte es laut

Doch danach
machte mich meine Schroffheit
nachdenklich

Bin ich zu unempfindlich
Muss ich jemanden persönlich kennen um
seinen Tod zu bedauern

Drinnen und draußen

Draußen weht der Wind so stark dass
sich die Äste des Baumes biegen
den man von Omas Küche aus sieht

Drinnen wirbelt Oma den Staub der Vergangenheit auf
erzählt munter und beherzt von all den vergangenen Personen

die ihr in den Sinn kommen –
von Mama, den Nachbarn und Leuten, die ich nicht einmal
vom Hörensagen kenne

Nun ist es ruhig, keine lauten
Radiogeräusche, nichts kocht oder
brät in der Küche, kein Wind zieht
mehr durch das einst geöffnete Fenster –
denn Oma schläft
Nur die Sekundenzeiger der Uhr sind im Wohnzimmer zu
hören

„Die Morgenluft in Krakau …"

Mit dieser Bemerkung
fing das Gespräch wieder an
Begann unser Aufenthalt

Die Zeremonie
Das Essen im Keller

Gespräche
Die Frage
Neugier

Im „Honig und Wein"
(Eine Gelegenheit sich wieder zu sehen)
Ist Artur da?
Der Chefkoch – ich hole ihn gleich!

Der Abschied
Der Zug

Die Dusche
Die Arbeit

Lyrisches Krakau

Rynek I
Rynek – wie die Place de Vendome in Paris
Liegt es mir zu Füßen
Zur Rechten die Sukiennice
Zur Rechten die Marienkirche

Wawel
Die Mauern hoch
Die Festung uneinnehmbar
Bäume bilden ein Dickicht

Wisla
Nah am Flußufer
Bei der Biegung
Im Vordergrund die futuristische Brücke
Im Hintergrund die waldbedeckten Hügel

Ausblick
Die roten Ziegel aufeinander gestapelt
(Das Eckhaus verbindet die Straßen)
Bäume ragen empor
Der Himmel überragt den Horizont

Rad

Fein säuberlich aufgesperrt
Gut platziert bewege ich mich durch die Gassen
Vorbei an den Massen
Entlang der Planten
Das Lenkrad haltend

Rynek II

Ich blicke durch zwei Laternen
Am Ufer des Tisches sitzend
Vor mir breitet sich der Rynek aus
(Perspektivisch bildet die Marienkirche den Fluchtpunkt)
Die lange Gasse
Stürzt ein
Die Wölbungen der Sukiennice
Tragen das Gemäuer

Ohne Titel

Eine der langen Gassen
Fügt sich facettenreich und flächig zusammen
Zur linken und zur rechten der Straßen
Aufgespannte Schirme statt grüner Terrassen

Zufällige Begegnungen

Sie bewegte sich
wie eine Wasserwelle
zum Klang der Musik

Rhythmisch
wechselte ihr Körper
je nach Melodie
die Position

Sie ging in der Musik auf
und war
sich ihrer erotischen Bewegungen bewußt

Doch sie tanzte für sich selbst
ohne
auch nur einen Mann
anlocken zu wollen

Anwesenheit

Jeden Tag
wenn ich die Treppe
zu meiner Wohnung hinaufgehe
komme ich im Mezzanin
an einer Wohnung vorbei
die renoviert wird

Drinnen arbeitet Peter
Er macht einen positiven Eindruck
und scheint ein optimistischer Kerl zu sein
Wie äußert sich das?

Die Gründe für seine Handlungen
erklärt er in einem einzigen Satz
Spricht er seine Worte
scheint er von einem inneren Quell der Kraft zu schöpfen

Unterhalte ich mich mit ihm
scheint es
als würde er mich durchschauen

Seine Sätze beschreiben meine inneren Vorgänge
Er beherrscht die Kunst
direkt und dabei höflich zu sein
Seine Sichtweise – eine Katharsis

Priester vom Kahlenberg

Er war groß, hager, ja sogar dürr
Eine mächtige Stimme hatte er,
die sich im Gesang entfaltete und im
gesprochenen Wort zur Geltung kam
Der Saal schien zu vibrieren, die
Worte erschütterten die Gläubigen
Die Wahrheit, die er aufzeigte, schien
aus einer undefinierten Tiefe zu kommen

Vielleicht rührten seine Reden,
weil sie aus einer Stille herrührten,
die er bei seiner Kontemplation fand
Diese Stille übertrug er auf den Saal

Fragende Worte

Wuchs er im falschen Land auf?
Hat er sich die ganze Zeit unwohl gefühlt?
Hat ihn das paradoxerweise positiv geprägt?

Aus all diesen Fragen generierte ich die Frage
„Wieso bist du ausgewandert?"
Ich bekam die Antwort
„Diese Mentalität passt besser zu mir"

Ich ließ mich auf ein alltägliches Gespräch ein
Nahm mir vor
den Sog, Redefluss, Dialog voranzutreiben

Der Exzentriker

Laut, offen
Paradoxerweise extrovertiert
obwohl er immer versucht in sich hinein zu hören
Leuten zuzuhören

Was fehlt ihm?
Was will er finden?
Er will sich der Welt öffnen – seine zweite Hälfte finden

Nur zögerlich redet er
über die Realität, das reale Dasein
Lieber erzählt er von seinem Verlangen
seinen Wünschen und Methoden

Der erste Schritt – auf fremde Menschen zuzugehen –
hält ihn jung
Er bewahrt sich seine Neugier und strahlt Energie aus

Im Nichts gelandet

Egal was Julian las, welchen Film er ansah, wem er begegnete oder mit wem er sprach – immer identifizierte er sich mit den Ideen, Figuren, Worten, die ihm entgegen strömten.
Julian ist Literaturprofessor und die Vorträge, die er hält, haben für die Studenten etwas magisch Anziehendes. Mit Leichtigkeit füllt er die Hörsäle. Seine Vorlesungen weisen einen pointierten Stil auf, wobei etwas Schlenderndes in der Luft liegt – eine Art Milchstraße, die das Zentrum einerseits verschleiert, andererseits die jungen Zuhörer dadurch ahnen lässt, wie es im Kern aussieht.
Immer deutet Julian die Quintessenz nur an, wodurch etwas Unbekanntes übrig bleibt – worüber seine Studenten gerne rätseln. Gleichzeitig hat man das Gefühl, dass etwas Objektives über Literatur gesagt wird und nie hinterlässt er den Eindruck, nur etwas Subjektives mit guten Argumenten zu schmücken. Er geht tiefer ...

Auslöser war diese Grippe, die ihn mehrere Tage ans Krankenbett fesselte. Danach schien nichts mehr wie vorher – seine gewohnten Handlungen waren nunmehr sinnentleert; alles in seinem Leben kreiste um Literatur – etwas Fiktives –, doch was war mit seinem Leben? Blieb es auf der Strecke?
Immer wollte er diese Begeisterung für das geschriebene Wort auf andere übertragen, sie mitreißen. Auch seine Frau war deswegen am Anfang entzückt und fasziniert von ihm, bis es ihr zu viel wurde, wie wenig die Realität beachtet wurde – wie wenig Platz Alltag und Wahrheit in Julians Leben hatten.
Als ihm klar wurde, dass seine große Liebe zerfallen war, war es zu spät. Die Erkenntnis, dass die Fiktion zu viel Raum einnahm, kam erst, nachdem sie ihn verlassen hatte – als bereits alles unumkehrbar geworden war.

Für Julian bedeutete die Eheschließung das Teilen einer Leidenschaft; sich gegenseitig in immer höhere Sphären zu hieven, dabei sowohl auf den anderen einzugehen als auch nicht auf sich selbst zu vergessen – diese Gratwanderung mit Fingerspitzengefühl zu meistern war sein unumstößliches Ideal.
Seine Frau sah ihn und die Beziehung mit ihm mit der Zeit anders. Immer mehr sehnte sie sich einen männlichen Anteil herbei – sie wollte nicht alles durch-

diskutieren und auch nicht, dass zum Schluss nur ihre Meinung zählte; hasste es, dass er sich so zurück nahm und nicht gerne stritt. Nie gab es ein Auf und Ab, nie eine schmerzliche temporäre Trennung und eine anschließende Versöhnung – alles war eben, wie ein Ozean ohne Wellen, wie ein langweiliges Paradies. Sie konnte seine Ansichten immer weniger leiden; ganz besonders die, dass alles reibungslos ablaufen solle – sie sah darin eine „Standpunktlosigkeit". Für sie war das seine größte Schwäche.

Sie hielt es nicht aus – alles wurde harmonisiert, analysiert; nie gab es Gegenargumente. Für sie war es unmöglich seinen Willen ausfindig zu machen; selbst sein Geschmack, seine Ästhetik, auch seine Ethik – alles wurde relativiert. *Was ist das für ein Mensch?*, dachte sie oft, als sie alleine war – für den keine Meinung existierte, für den die Wahrheit etwas Objektives war, hinter die man nie kommen konnte und für den das Subjektive nicht zählte.

Sie wusste schon gar nicht ob sie ihn liebte – was hält sie zusammen? Sie wusste es nicht mehr ... Alles war weg – das Gefühl, das Kognitive, zudem verlief alles entgegen ihrer Vorstellung sowie ihrem Willen.
Sie hatte Angst depressiv zu werden, denn nichts passte und nichts veränderte sich – jeden Tag ärgerte sie sich über den Stillstand. Es war keine gesunde Wut sondern pure Verzweiflung, wie man so leben könne – mit einem Menschen zusammenleben – den man nichts gerne mitteilt; vor ihm schon gar nicht sein Inneres öffnet ...

Nach der Scheidung wurde Julian zu einem Zerrbild seiner selbst. Dieses Ereignis hatte aus seinem Unterbewusstsein alles hervorgeholt, wovor er Angst hatte, was er wegschob, jahrelang weggeschoben hatte, kam an die Oberfläche und okkupierte ihn – beherrschte ihn.
Er betrachtete sein Spiegelbild. Die Ahnungslosigkeit – das Nichts – stand ihm ins Gesicht geschrieben. Der Stimmungswechsel überraschte ihn, hilflos stand er den erdrückenden Gefühlen gegenüber – der Kampf dagegen schien aussichtslos.
Julian flüchtete in die Melancholie – diese süße Schwerelosigkeit – das innere Biest war nun besänftigt, diese gewalttätige Bestie schlief und er wollte sie nicht wecken ...

Er hoffte auf einen Wandel, möge das Stimmungstief genauso schnell wieder vergehen wie es gekommen war; doch Julian fühlte, dass er sich an einen Strohhalm klammerte; ahnte, dass dieser Nebel nicht verschwinden würde.

–––

„Zostaw mnie", zischte er auf Polnisch zum Taugenichts. In dem Moment, in dem er die Worte aussprach, bereute er es auch. Wozu gab er seine Herkunft preis? Wozu gab er dem Obdachlosen einen Anhaltspunkt, eine Möglichkeit ein Gespräch anzufangen? Julian wusste doch von sich, dass er viel zu gutmütig war und sich gerne Argumente der anderen anhörte, was im Normalfall in Ordnung war – aber eben jetzt?

Im ersten Moment glaubte Julian er hatte Glück gehabt; der Kopf des obdachlosen Säufers war zur Seite gedreht – *wohin wandte er bloß seinen Blick?*, dachte sich Julian.

Er starrte auf die eingefallenen, zusammengezogenen Schultern des ausgemergelten Mannes, dann betrachtete er den Hintergrund – die Glastüren. Diese ganze Szenerie erinnerte ihn an ein Theaterstück, das er vor kurzem sah – ein einziger Schauspieler war auf der Bühne und dahinter waren Dekorwände aufgestellt; sprach er nicht seinen Monolog, herrschte für kurze Zeit Stille.

Der zweite Moment ließ nicht lange auf sich warten. Als der Obdachlose aus seiner Starre erwachte, rief er schnell seinen Saufkumpanen herbei. Dieser war wortmächtiger und begann sogleich: „Gib deinen armen Landsleuten ein paar Cents."

Julian wollte mutig antworten und setzte an: „Was soll das? Schnorrt jemand anderen an!" Der hinzugekommene Bettler ließ nicht locker: „Aber du hast genug davon. Habe gesehen, wie dir der Automat das Geld retournierte." Julian bekam es mit der Angst zu tun, wollte sich seine Furcht allerdings nicht ansehen lassen. Er entgegnete noch schroffer: „Ihr versauft das Geld doch nur!" Daraufhin wurden die beiden älteren, vom Leben und Alkohol ausgezehrten Männer aggressiver und der eine schäumte: „Hättest du was im Leben gesehen Bürschchen, würdest du nicht so groß reden."

„Schau, dass du weiterkommst", antwortete Julian erbost und machte sich auf, um zu gehen. Der Schnorrer hielt Julian zurück, der sich vor ihm ekelte. „Lass mich in

Ruhe oder ich rufe die Polizei", sprach Julian schon leicht in Rage. Da zückte der Alkoholiker sein Taschenmesser und erwiderte: „Ich wollte es nicht soweit kommen lassen, aber du musst ja unbedingt auf stur schalten – her mit der Kohle!"

Die Hände zitterten, als er ihm das Geld übergab. „So ist's brav", sagte der Vagabund und fügte hinzu: „Wieso nicht gleich so?" Erbost und erbittert zugleich ging Julian nach Hause. *Wieso bin ich so feig, so folgsam?*, fragte er sich. Julian sah in diesem beiläufigen Ereignis ein Gleichnis für sein gesamtes bisheriges Leben. Wenn es wichtig wurde, machte er einen Schritt zurück, machte, was die anderen von ihm verlangten, auch wenn er damit nicht einverstanden war. *Nie lasse ich mich auf meinen Willen ein!*, ging ihm durch den Kopf. Immer wog er ab, was das Beste in der jeweiligen Situation war, richtete sein Handeln nach den äußeren Umständen aus, anstatt auf sich zu hören – sich von seiner Intuition leiten zu lassen.

Als die Glocke klingelte, lösten sich seine Gedanken in Luft auf – wurden von der Realität vertrieben. Als Julian seine Freunde sah, erhellte sich sein Gemüt, die trübe Stimmung wurde von der Vorfreude auf die nächsten Tage weggewischt.
„Hier sind Eure Tickets", wobei er die Fahrkarten auf den Tisch legte und fortfuhr: „Ihr werdet nicht glauben, was mir gerade zugestoßen ist…" Während Julian erzählte, zog er den Korken des spanischen Weißweins heraus, stellte die Gläser auf den Glastisch – um den sich das Sofa schmiegte – und schenkte ein.
Es dauerte nicht lange bis eine Diskussion rund um soziale Verhältnisse, wahre Armut und was diese aus einem Menschen machte, angefacht wurde.

Peter: „Ob ein Mensch bereit ist, jemanden zu töten, hängt nicht vom jeweiligen Individuum und seinen moralischen Maßstäben ab, sondern einzig und allein davon, in welcher Situation er sich befindet – hängt sozusagen von den äußeren Umständen ab…"

Richard: „Das würde ich so nicht unterschreiben – es liegt sehr wohl am Einzelnen. In letzter Zeit hört man immer wieder, dass ein Mann seine Freundin aus Eifersucht oder bei der Trennung oder ähnlichem umgebracht hat – an so einem Beispiel wird klar, wie wichtig Moral, Ethik und Selbstbeherrschung tatsächlich sind."

Julian: „Erziehung und innere seelische Standards sind eben wichtig, damit man mit schwierigen Situationen umgehen kann. Man kann sich nicht nur auf die Umstände ausreden."

Richard: „Tut mir leid, dass ich das Wort an mich reiße .... verzeihe auch, dass ich es so direkt anspreche, Julian – man munkelt, dass du und Chantal nun getrennte Wege geht."

Julian: „Das ist leider die Wahrheit. Wie soll ich es sagen? Für mich kam es sehr plötzlich und als wir uns ausgesprochen haben, kam nur heraus, wie lange sie schon an der Ehe leidet."

Peter: „Hat sie vorher keine Andeutungen gemacht oder es einfach angesprochen?"

Richard: „Gab es keine Anzeichen, dass etwas Gravierendes nicht passt?"

Julian: „Sie war immer sehr direkt, hat immer gleich gesagt was Sache ist und hat sich kein Blatt vorm Mund genommen. Hier hingegen, war sie sehr schweigsam – bis zur Aussprache eben, aber da war es schon zu spät."

Richard: „Hat sie einen Vorschlag gemacht, wie ihr die Ehe retten könnt – vielleicht etwas in Richtung Paartherapie?"

Peter: „Weißt du, ob sie einen Liebhaber hat? Das klingt alles stark danach."

Julian: „Keine Ahnung. Ich habe auch keinen Detektiv angesetzt – habe nichts geahnt. Von einer Paartherapie hat sie nichts erwähnt – das einzige, was sie gesagt hat, war, dass all die Jahre für sie zu erdrückend waren."

Peter: „Ich verstehe das nicht – gab es vorher schon große Streitereien? Man geht doch nicht von heute auf morgen ohne dass es einen Grund oder Vorfall gibt."

Julian: „Ich wurde einfach vor nackte Tatsachen gestellt – die Scheidung. Kein Wenn und Aber – sie kann nicht mehr, es ist ihr zu viel."

———

Die Rückkehr in den Alltag gestaltete sich für Julian schwierig. Nichts lief – den Vorträgen fehlte es an Schwung, innerer Kohärenz und Überraschungsmomenten. Julian selbst machte einen matten Eindruck – seine verborgene Strahlkraft hatte er verloren. Das spürten auch die Studenten und Julian wurde der Rang als beliebtester Professor von einem jungen Kollegen abgelaufen. Die Freude auf das Nachhausekommen fiel weg – es war niemand mehr da. Die Abende mit Freunden fingen heiter an, doch immer kam der Moment, indem das Gespräch zum leidigen Thema wechselte – die Stimmung kippte und Julian kam sich wie bei einem Verhör vor.
Es gelang ihm nicht sich zu zerstreuen – immer wieder gingen ihm ihre Worte durch den Kopf. Besonders schmerzlich war die letzte Begegnung gewesen – der Abschied, der endgültig war. Immer diese letzte Szene – all die Jahre wurden mit einem simplen Abschied quittiert.

Die Arbeit an der Vorlesung brachte nicht die erhoffte Ablenkung – er konnte sich nicht sammeln. Der gehaltene Vortrag war wieder einmal zerfahren, zum Schluss konnte er die Fragen der Studenten nicht schlüssig beantworten.
Es war Mai, die Temperaturen waren schon angenehm, es nahte schon das lange Wochenende und Julian beschloss wegzufahren – einfach weit weg. Er entschied sich für die griechische Insel Kreta.
Dort war das Wasser noch frisch, zum Glück gab es nicht allzu viele Gäste; er konnte lange Spaziergänge unternehmen, am Hafen in Restaurants essen, mit dem geliehenen Wagen die Landschaft durchqueren – er empfand die Einsamkeit als einen anregenden Begleiter. Sein Blick sättigte sich an der üppigen Flora, seine Gedanken oszillierten zwischen schönen und schmerzlichen Momenten. Während er in Erinnerungen schwelgte, bemerkte er auf der Landstraße ein Restaurant, das hinter Bäumen versteckt war und an dem er fast vorbeigezogen wäre. Er parkte das Auto, suchte sich einen schattigen Platz auf der Terrasse und studierte die Speisekarte, während er an seinem schon zuvor bestellten Weißwein nippte.

Nach einiger Zeit setzte sich ein Pärchen an den Nebentisch. Sie fragte Julian, ob sie seine Karte haben könnte; er nickte und entgegnete: „Ja, ja. Bin alleine da." Ihr Partner fragte, ob er ganz alleine Urlaub mache; Julian überlegte kurz, ob er anstatt der Wahrheit eine flüchtige Ausrede erzählen sollte, doch entschied sich in ein paar kurzen Worten die Sache zu umreißen: „Ich erhole mich von meiner Ehe ..." Sie merkte gleich, dass es unpassend war weiter nachzufragen. Nachdem Julian mit dem Essen fertig war, fragte er das Paar, ob sie sich hier auskennen, wo es wert ist hinzu fahren und die drei kamen ins Gespräch. Gemeinsam, mit zwei Autos, erkundeten sie die Gegend.

Nach diesem ausgedehnten Ausflug, kam er müde und ausgelaugt im Hotel an – er schaffte es gerade noch ins Bett. Julian schlief tief und fest, als er plötzlich gegen vier Uhr morgens aus einem Albtraum erwachte; er richtete sich auf und konnte sich noch an die letzten Szenen des Traums erinnern – eine Frau wurde mitten auf dem Gehsteig entlang gehend überfallen. Mit ihren Gewehren deuteten die Männer in Richtung Klein-Transporter, wohin sie schließlich einstieg. Das letzte Traumbild war ein Flugzeug, das auf Bahngleisen landete.

Er wollte Chantal anrufen, doch fiel ihm rechtzeitig ein, dass sie ihn schon lange blockiert hatte und unterließ es somit.
Dieser Traum ließ Julian keine Ruhe. Gegen sechs Uhr in der Früh war er schon gepackt, das Ticket fürs Flugzeug gebucht und zwei Stunden später saß er im Flieger. Kaum angekommen, rief er eine gute Freundin Chantal's an, mit der er hin und wieder Kontakt pflegte und die immer informiert war. Julian fragte beunruhigt, ob bei seiner Ex-Frau alles in Ordnung sei. Ein (ausgedehntes) Schweigen machte sich breit. „Sie gilt als vermisst. Das Flugzeug, in dem sie saß, ist abgestürzt", sagte sie mit zitternder Stimme.
Julian konnte es nicht fassen, gab sich die Schuld dafür, obwohl er – in Gedanken alles durchgehend – nicht wusste, wie er objektiv gesehen besser, schneller handeln hätte sollen.

Alles dreht sich ums runde Leder

Am Land

Sie hielten mit dem Auto vor dem umzäunten Haus. Am Brunnen vorbei, gingen sie zur Eingangstür – ein paar Stufen mussten noch bewältigt werden, um den Türrahmen zu passieren. Gleich neben den Treppen auf der linken Seite, war ein Hund in der Größe eines Wolfes – er hieß Kaskader.
Vor dem Haus stand eine Betonmischmaschine. Franz und Markus machten einen Zubau. Markus ähnelte mit seinem Bart und seinem Bauch einem großen Bären. Florian, der Nachbarjunge, und Paul liebten es mit Markus Fußball zu spielen; er war wirklich ein Talent. Man erzählte sich, dass er so talentiert war, dass er als 16-Jähriger von einem Erstligaklub unter Vertrag genommen werden sollte. Er war schon damals ein stattlicher Mann mit 1,90 m an Größe – doch zu der Zeit war er noch schlank und schnell, außerdem konnte er das Spiel des Gegners lesen. Allerdings verweigerte seine Mama die Unterschrift.
Für die acht- und neunjährigen Burschen machte Markus vor dem Haus ein Tor aus zwei T-Shirts. Florian und Paul hatten beide nur mehr den letzten Schuss. Florian zielte Millimeter am „Pfosten" vorbei. Nun war der Druck enorm. Paul schoss und Markus hielt den Ball schon in seinen Händen, als der Ball plötzlich durchrutschte und ins Tor ging. Noch nie war Paul über ein Glückstor so froh.
Als Markus sah, wie die Jungs spielten, trommelte er zwei 16-Jährige aus der Nachbarschaft zusammen. Das Spiel fand im Wald statt, wo es ein Fußballfeld mit zwei Toren aus Holz gab. Florian, Markus und Paul gegen die zwei Burschen. Beide waren wirklich schnell- damit überraschten sie die drei. Nach zehn Minuten führten die Jugendlichen 1:0. Zum Schluss des Matches nahm Markus – der das ganze Spiel über nicht aufgegeben hatte – den Ball an sich und machte ein Dribbling über das ganze Feld. Geschickt umspielte er die Gegner und schoss das Tor. Das Spiel endete 1:1.
Am Abend baute Markus zum Abschied ein Lagerfeuer auf. Die Jungs staunten nicht schlecht, als sie die Flammen sahen, die bis zur Höhe der ein paar Meter weiter stehenden Baumwipfel empor stiegen. Auf die Holzstäbe, deren Spitzen vorher mit einem Taschenmesser geschärft wurden, steckten sie die Würste obenauf.

Während die Kinder draußen beim wärmenden Feuer spielten, machten es sich die Erwachsenen im Haus bequem. Die Gastgeberin tischte allerhand auf; zudem wurde getrunken und als Franz seine Ziehharmonika auspackte, ein paar bekannte Lieder anstimmte, sang die gut gelaunte Runde dazu.

Der letzte Sommer

Als Paul an diesem Tag bei seinen Großeltern ankam, war es bereits spät in der Nacht. Am nächsten Morgen stand er, für die Ferienzeit schon recht früh auf, machte ein paar Bissen vom Brot belegt mit Schinken, Tomaten und Zwiebel und ging fort. Er machte einen Spaziergang. Nicht weit, hinter dem Plattenbau auf der Wiese, spielten Jungs Fußball und Paul fragte sie, ob er mitspielen könne. „Du musst den Ball zehn Mal gabeln", entgegneten sie. Er versuchte es und als er bei zehn ankam, meinten sie: „Das reicht schon."
Seit diesem Aufeinandertreffen trommelte Paul immer alle Jungs zusammen, indem er bei jedem an der Sprechanlage läutete. Alle gingen zur Wiese, die groß genug war, damit sich zwei Teams ein spannendes Match liefern konnten. Nichts machte Paul lieber als den ganzen Tag lang dem Ball hinterher zu laufen. Obwohl es ihm beim Spiel immer um den Sieg ging und dem Rest um den Spaß, waren alle gern mit ihm in einer Mannschaft. Er liebte Alleingänge im gegnerischen Strafraum, die er am liebsten mit einem Tor krönte. Mit ihm gewann man Matches, immer lag eine Anspannung in der Luft, sobald er gegen eine andere Mannschaft antrat. Er konnte alle mitreißen und mit seinem Ehrgeiz steckte er das ganze Team an.

Eines Tages spielten Pauls Freunde gegen andere Jungs. Paul und seine Mitspieler handelten vorher aus, wer aufgestellt wird. Paul wollte unbedingt am Feld stehen und setzte sein Anliegen durch. Nach der ersten Hälfte war er äußerst zufrieden mit sich – nachdem Michael einen Haken auf der Mittellinie machte, rannte er rechts außen an der Seitenlinie weiter und flankte in die Mitte, wo Paul goldrichtig stand und: Tor! Vielleicht wollte er auf dem Gipfel aufhören oder hatte einfach Mitleid mit Roman, auf jeden Fall spielte Roman in der zweiten Hälfte statt ihm. Nach nur zehn Minuten in der zweiten Halbzeit war einer alten Oma das alles zu viel und aus ihrem Fenster flogen auf einmal Teller auf die Spieler. Ihre merkwürdige Methode zeigte Wirkung und sie vertrieb die Jungs. Die Burschen machten sich auf die Suche nach einem neuen Fußballplatz, der schon bald gefunden worden war. Das Fußballfeld gleich neben der Schule bestand aus feinen und groben Steinen, weswegen man, im Gegensatz zum vorigen, wo saftiges Gras wuchs, vorsichtiger spielen musste. Andererseits gab es echte Tore aus Metall und niemand musste mehr diskutieren, ob ein Ball hineinging oder nicht.

Wieder einmal klapperte Paul alle Stiegenhäuser ab, um seine Freunde abzuholen. Gemeinsam gingen sie zum Fußballfeld. In der Pause, gegen Mittag, als die Sonne unerträglich wurde, tranken sie im Schatten Wasser. Zwischen Walter und Roman gab es eine Meinungsverschiedenheit. Walter – er war der Tormann und galt unter den anderen Jungs als Außenseiter und Waschlappen – war es schon gewohnt sich andauernd gegen bissige Bemerkungen zur Wehr zu setzen, doch plötzlich kippte das Gespräch und Walter fing an: „Kämpfen wir mit Fäusten?" Woraufhin der andere nur nickte. Sie vereinbarten Uhrzeit und Ort. Paul war beim Schlagabtausch nicht dabei, doch hörte er später von Walter: „Ich habe ihm die Fresse poliert." Walter selbst trug wiederum ein blaues Auge davon.
So endete der letzte Sommer – danach zogen viele der Jungs dorthin, wo die neuen Wohnungen gebaut wurden. Nie wieder sollte Paul an einer Sprechanlage läuten, nie wieder sollte er sich nach einem Spiel in der brütenden Hitze nach einem Schluck Wasser und einem Platz im Schatten sehnen.

Puntigam

Eine Einstimmung

Ich fing meinen Zivildienst in einem Jugendzentrum im zehnten Wiener Gemeindebezirk an. Dort war eine kleine Küche eingerichtet und meine Aufgabe war es die Jugendlichen zu verpflegen.
Es gab allerdings nicht viel zu tun und alsdann kam ich nach Floridsdorf, wo ich

gemeinsam mit einem zweiten Zivildiener Tische und Bänke an Jugendzentren überall in Wien lieferte. Er, Peter, war der Fahrer. Die beiden Chefs im Büro waren nicht weiter nennenswert.
Ein paar Monate später, es nahte schon der Winter, wurden wir einem Südamerikaner „unterstellt". Das hieß nichts anderes, als Dinge wie Zeltplanen zu reinigen, auch wenn diese im Lager ihr Dasein fristend nie verwendet wurden. Wir machten auch die Dienstautos sauber und einmal sollten wir das Privatauto putzen. Das ging mir gegen den Strich. Ich spielte mich als Rebell auf und spielte einen Streich, indem ich statt dem Glasreiniger Cif für die Fensterscheiben verwendete.

Nach diesem Vorfall saß ich vor einer Kommission, die mir klarmachte, dass ich mir eine neue Stelle suchen müsse. Nur außerhalb Wiens waren welche frei, eine in Oberösterreich und eine in der Nähe von Graz. In Oberösterreich gab es einen Platz im Kloster, in Voitsberg sollten Obdachlose betreut werden. Sie zahlten mir ein Ticket und ich fuhr in die Steiermark.
Huber, so hieß die mir genannte Kontaktperson, suchte ich in der Caritas-Zentrale auf und gemeinsam machten wir uns auf nach Voitsberg. Dort begrüßte mich Emil, der mir das Gelände zeigte. Nach zwei Tagen Bedenkzeit, willigte ich ein, denn ich wollte den Zivildienst nicht unterbrechen.

In Graz bekam ich ein Zimmer im obersten Stock der Caritas-Zentrale, das ich mit Christian teilte. Er war aus der Umgebung, ließ sich nie blicken und behauptete lieber bei der Oma zu übernachten, da es von dort näher zu seiner Dienststelle wäre.

Zu Frühlingsbeginn musste ich wieder umziehen, weil der Raum renoviert wurde. Ich zog, zu Fuß, zehn Minuten weiter, ins Asylheim.
In der Mittagssonne schleppte ich all meine Sachen die paar Straßennummern weiter. Ich bezog ein Zimmer mit zwei Betten, einem Tisch, der von der einen zur anderen Wand reichte. Zusätzlich gab es einen zweiten Raum, in dem eine winzige Küche und das Vorzimmer untergebracht waren. Das Badezimmer mit einer Duschkabine machte die Wohnung nun komplett.
Jeden Tag stand ich um sechs Uhr in der Früh auf, fuhr mit dem Fahrrad zum Bahnhof, mit dem Zug nach Voitsberg und von dort mit einem Klapprad zur Pfarre, wo ich um acht Uhr meinen Dienst begann.

Marta, die Betreuerin, kam jeden zweiten Tag vorbei, um nach dem Rechten zu sehen.
Sie sagte gleich dass ich mir keine Hoffnung machen sollte hier irgendetwas zu verändern.
Im selben Atemzug fügte sie hinzu dass hier striktes Alkoholverbot herrsche. Sie spielte auf Benjamin an, der als Alkoholiker verschrien war. Doch seitdem achtete ich darauf, ob nicht versteckt und heimlich getrunken wurde.

Einmal hatte ich einen Gewissenskonflikt weil ich sah, dass Erich zwei Bier trank. Das schlechte Gewissen rührte daher, dass er danach ins „Dreirad“ stieg, das zwar nur 45 km/h fahren durfte, aber im Straßenverkehr stellte er nun eine Gefahr dar. Ich machte ihn darauf aufmerksam und noch am nächsten Tag war er sauer auf mich. Er sagte nur so scheinbar beiläufig „Die Melodie macht die Musik“.
Er traf mich an einer empfindlichen Stelle, denn ich war sowohl von meinen diplomatischen Fähigkeiten als auch von meinem Recht überzeugt. Er fuhr seine Krallen aus. Das blieb haften, auch wenn sich alles wieder legte.

Emil hatte seine Haupttätigkeit in der Pfarre, wo ich ihm hin und wieder aushalf. Nebenbei war Emil's Meinung bei Problemen in der Notschlafstelle gefragt. Er war ein Typ, bei dem ich nie wusste, ob er nur einen Optimisten spielte, oder ob hinter seinem Optimismus nicht einfach pure Naivität steckte. Zudem nahm er unkonventionelle Sichtweisen ein, zeigte alternative Wege auf, vergaß aber nie, wie wichtig es sei, dabei die Hemdsärmel auf zu krempeln.
Niemand schimpfte über Emil lieber als Erich, ein Bewohner, der mehr zu sagen hatte als andere. Er hatte eine eigene, eigenartige Rhetorik – zuerst schilderte er scheinbar locker die Fakten, zog damit die Fäden immer enger, zum Schluss verknüpfte er alles mit seiner persönlichen Meinung, die wie eine Flutwelle auf einen zurollte. Es gab kein Entkommen, man war wie erschlagen. In diesen Momenten duldete Erich keinen Widerspruch.

Niemand hasste Erich mehr als Karl. Immer hörte ich die Wehmut bei der Sekretärin heraus, als sie von Karl erzählte.
Bevor er der versoffenste Trinker werden sollte, den ich in meinem Leben sah, war er ein naturbewusster Mensch, der gut und gerne Gitarre spielte und sich einen

eigenen Kamm für seine langen Haare bastelte. Als ich ihn zu Gesicht bekam, war ihm nicht mehr zu helfen.
Immer kam er in einem Vollrausch gegen Mittag in der Notschlafstelle an, keppelte mit Erich lautstark herum. Dann nahm er die Gitarre, offiziell, weil es ihn beruhigte, aber wahrscheinlicher ist, dass er damit Erich den letzten Nerv raubte.

Schwarze Tinte

Alle zwei Wochen fuhr ich nach Wien und durfte als Ausgleich zum Nachtdienst zusätzlich den Montag frei nehmen.
Weilte ich an den Wochenenden in Graz, streifte ich anfangs mit einem Zivi-Kollegen durch die Stadt. Mit der Zeit wurde mir an den Wochenenden immer langweiliger. Ich bemühte mich um einen Job als Aufseher im Joanneum, einem Museum, wo ich alle zwei Wochen meine Samstage und Sonntage verbrachte.
Als ich dort schon aufhörte, gab es noch ein abschließendes Gespräch mit der Chefin. Sie gab zu, dass sie sich zuerst wunderte, wieso ich so stank, als ich zum Bewerbungsgespräch kam. Erst als ich erwähnte, dass ich in der Notschlafstelle in Voitsberg meinen Zivildienst ableiste, atmete sie tief durch und stellte mich ein.
Thema der Ausstellung war die Geschichte der Schrift. Alle zwei Stunden rotierten wir, passten somit auf einen anderen Raum mit unterschiedlichem Schwerpunkt auf.
Als in der Früh noch wenige Besucher da waren, las ich auf dem Sessel sitzend. Im Laufe des Tages füllten sich die Säle und ich kam nicht mehr dazu. Eines Morgens, wie immer ein Buch in Händen haltend, überraschte mich meine Chefin, die nicht gerade erfreut darüber war. Da dachte ich schon, dass ich meine Karriere als Aufseher beenden werde müssen. Im Gespräch stellte sich heraus, dass sie mich aufsuchte, um zu fragen, ob ich denn keine Führung machen wolle. Nickend stimmte ich zu.
Zuerst sollte ich bei einer Führung mitgehen, um mir etwas abzuschauen. Vorher drückte man mir einen Text in die Hand, den ich auswendig lernen musste. An dem besagten Tag, an dem ich zuhören sollte, wurde ich krank. Als ich zwei Wochen später wieder Dienst hatte, teilte mir die Chefin mit, ich möge doch ins kalte Wasser springen und die Führung machen. Sie wird dabei sein.

Bei meinen Vorbereitungen kam ich beim Lesen des Textes darauf, den Text nicht nur wiederzugeben, sondern mehr zu bieten. Dazu las ich das in Wien zuvor gekaufte Buch über Babylon. Ich nahm mir vor, es einfließen zu lassen.
An jenem Tag erschien zu morgendlicher Stunde meine Gruppe. Ich begann mit den vorgesehenen Ausführungen zum Turmbau von Babel von Pieter Brueghel dem Jüngeren. Danach ging es in den Raum, der sich mit der Geschichte und der Mythologie beschäftigte. Ich fand es passend an dieser Stelle mein selbst angeeignetes Wissen kundzutun.
Wie sich im Nachhinein herausstellte war die Chefin nicht besonders begeistert. Bis auf weiteres – also nie wieder – durfte ich eine Gruppe durch die Ausstellung aktiv begleiten.

Verloren in Barcelona

Auf dem Weg zur Bäckerei vergisst er sein Handy und beim Rückweg sieht eine Stiege wie die andere aus. Antoine verliert, verirrt sich.

Nachdem er die letzten Cents ausgegeben hat, stellt er sich auf eine belebte Einkaufsstrasse, zieht sich das T-Shirt aus und beginnt mit seinen Händen auf dem nackten Oberkörper zu trommeln.
Ein paar Passanten werfen merkwürdige Blicke und ein paar Geldstücke hin, um die er sich schließlich etwas Brot und Mineralwasser kauft. Am späten Nachmittag will er das Schauspiel wiederholen.
Als er gerade dabei ist anzufangen, kreuzen zwei Jungs in seinem Alter auf und fangen ein Gespräch mit ihm an. Im Laufe des Gespräches fragen sie ihn, wo er übernachtet und als er „im Park" antwortet, bieten sie ihm eine Schlafmöglichkeit bei ihnen an.

Antoine freundet sich an und sie verhelfen ihm zu einem Job als Kellner. In Barcelona fühlt er sich wie ein Abenteurer. Endlich atmet er die Luft der Freiheit. Er genießt förmlich das raue, unbequeme, ärmliche Leben. Die Freundschaften kommen ihm echter, die Gespräche ehrlicher vor.

Um mehr Geld zur Verfügung zu haben, kellnert er zusätzlich am Samstag in einer Bar nahe am Hafen. An einem der ersten Abende kommt ein Mädchen zur Bar. Die beiden unterhalten sich und am nächsten Tag holt sie ihn von der Arbeit ab. Antoine und sie treffen sich oft. Sie reden viel. Nie wird mehr daraus. Je mehr er sich ihr anvertraut, desto neugieriger wird sie – seine Person erscheint in einem ganz anderen Licht. Sie liebt es, wie er das einfache Leben preist; seine Schilderungen lassen in ihr einen Ekel vor dem modernen, komplexen Leben entstehen. Sie, Raffaela, hat dieses moderne Leben satt, sie will keinen Karriereweg einschlagen und möchte auch nicht nach dem Fortschritt in der Karriere gemessen werden. Raffaela will ausbrechen – hat eine andere Vision von einem glücklichen Leben. Sie kann den Gedanken nicht ausstehen, sich mit ihrem Beruf – ihrer Arbeit – eine Freiheit erkaufen zu müssen, die sie liebt; damit Tätigkeiten zu finanzieren, die sie tatsächlich gerne ausübt.
So verlockend Antoine's Ausführungen sind, so sehr kann sie ihren Blick nicht von der Wahrheit abwenden – Raffaela kommt zur Einsicht, dass er im Endeffekt dem normalen Leben nicht entkommen wird. Obwohl ihr seine Wahrnehmung der Welt gefällt und sie gerne danach leben würde – das freie Leben genießen würde –, so gelangt sie dennoch zur Einsicht einer gut bezahlten Arbeit nachzugehen, um sich in dieser zivilisierten Welt ihre Freiheit zu verdienen. Geht es nach ihr – steht ihre Wahl im Vordergrund – lehnt sie seine Lebensweise schlussendlich ab.
In der darauf folgenden Unterhaltung mit Antoine gibt sie ihren Zweifeln kaum Raum. Sie erwähnt ihre Gedanken nicht, hat das Gefühl, auf hartnäckigen Widerstand zu stoßen, noch bevor sie anfängt zu sprechen. Raffaela hat nicht die Kraft damit fertig zu werden, will, dass ihre Überlegungen einfach fließen, wartet insgeheim auf den Moment, in dem sie befreit reden kann; doch so viel Geduld sie mit sich selbst beweist – die Hürde ist zu groß, sie kann sich nicht öffnen.

Als sie plötzlich weg ist, merkt er, wie abhängig er von ihr ist, wieviel nur sie weiß; bemerkt, was er ihr alles anvertraut hat. Mit ihr geht auch sein Selbst-Bewusstsein verloren. Alles was einmal da war, was ihn leben ließ, ihn durch den Tag trug, verliert an Bedeutung. Alles wird wortlos, Gedanken erscheinen wertlos.
All seine geheimen Wünsche, die in ihm schlummern, sind für Antoine zugänglich, sobald er sich mit ihr ins Gespräch vertieft. Währenddessen hat Antoine eine direkte Verbindung zu seinem Inneren; mit ihr an seiner Seite entfaltet sich seine

verschüttete Existenz und ist für ihn präsent. Mit ihrem Verschwinden kehrt ihm sein verborgenes Wesen den Rücken, taucht unter, und er kann nicht mehr darauf zugreifen.

Nun erdrückt ihn die Stadt. An jeder Ecke sieht er sie. Seine Gedanken plagen ihn. Um zu entkommen, geht er als Kellner eines Luxusdampfers auf hohe See.
Er kommt bis in die Karibik. Die Freundlichkeit der Leute überwältig ihn schon in den Hafenstädten, wo er an Land geht. Hat Antoine mehrere Tage oder Wochen frei, wagt er sich ins Landesinnere – sieht das einfache Leben in den Dörfern. Dort bekommt Antoine Menschen zu Gesicht, die von ihrer Hände Arbeit leben, sieht, wie sie jeden Tag zufrieden angehen und an den Abenden glücklich und erschöpft heimkehren. Der Kampf um die Existenz ist hart – egal, ob sie als Bauern oder Fischer arbeiten, doch die Freude dieser Leute auf menschliche Begegnungen, auf einen freundlichen Austausch der Worte, die Zuversicht in den Augen – all das beeindruckt Antoine. Die Natur ist ein fester Bestandteil im Alltag dieser Bewohner – jeden Tag berühren sie die Erde, wenn sie das Feld bestellen oder berühren das Wasser beim Fangen der Fische.
Diese Eindrücke bewirken, dass Antoine diese natürliche Lebensweise nicht nur schätzt, sondern sich vornimmt, sie in sein Leben zu integrieren. Er sieht, dass es möglich ist, ein einfaches Leben zu führen und dabei glücklich zu sein; froh zu sein, jeden Tag auf dem Teller etwas zu essen zu haben ...
Beim Anblick der Dorfbewohner und Fischer wird ihm klar, wie sehr er den Rhythmus – Anstrengung und anschließende Entspannung – schätzt; welch wichtige Rolle Natur und Menschlichkeit dabei spielen. Innerlich wendet er sich von der modernen Zivilisation ab, die ihm immer mehr wie eine künstliche Welt erscheint – eine Nachahmung, Kopie, Imitation.
Indem er die letzten drei Worte im Geiste noch einmal wiederholt, versteht er auf einmal, wieso ihm die heutige Welt soviel Kraft raubt, sieht klar, dass ihm das natürliche Element fehlt und erkennt woher seine innere Unruhe kommt.

Antoine sehnt sich danach seine Erkenntnisse mit anderen zu teilen ...
Für kurze Zeit kehrt er nach Barcelona zurück, ruft seine Freunde an, die ihn gerne wieder sehen, um mit ihm zu sprechen, doch als er ihnen von seiner neuen Einstellung – seiner inneren Wandlung – erzählt, stößt er auf Unverständnis.

Die Argumente, die dargebracht werden, lauten, dass Antoine geblendet ist und nicht sieht, dass diese armen Leute nur ihrer Arbeit nachgehen – im Rahmen ihrer Möglichkeiten das Beste herausholen. Zu Antoine sagen sie, er solle sich nicht täuschen lassen, dass sobald die Dorfbewohner die Möglichkeit hätten ein anderes Leben zu wählen, sie dies jederzeit täten.
Seine Freunde versuchen ihm klar zu machen, predigen fast schon, dass er das Elend, in dem diese Menschen leben, übersieht; dass er das Gute an unserer heutigen Zivilisation nicht bemerkt und nicht wertschätzt. Sie behaupten, er würde es keine vier Monate am Land bei der Feldarbeit aushalten und meinen übereinstimmend, dass sich Antoine eine Traumwelt erschaffe.
Zum Schluss lauten die Vorwürfe, dass er etwas idealisiere, was er gar nicht durchlebt hat, sondern nur aus der Ferne gesehen hat; dass er nicht merkt, in welch wunderbarem Zeitalter wir leben, in dem das Joch der körperlichen Arbeit zurückgedrängt wird und der Mensch, um zu überleben, sich endlich damit auseinandersetzen und nutzen kann, was nur ihm eigen ist – sein Geist, Intellekt und Verstand.
Die ihm einst vertraute Welt ist Antoine nach diesem Treffen fremd geworden. Nunmehr fühlt er sich als Außenseiter, als Unverstandener; ausgestoßen wo er sich heimisch fühlen möchte.

Er liegt in einem Hotelzimmer in Barcelona und fühlt sich wie ein Tourist. Wie wohl hat er sich in der Karibik gefühlt, er hat viel Lebensfreude eingesaugt und ebenso viel Energie abgegeben – seinem Empfinden nach ein harmonischer Austausch. Die Gemeinschaft auf dem Schiff gab ihm Kraft, Sonne und Meer trieben ihn an. Als er daliegt, erinnert er sich an all die Städte und Küsten, wo er an Land ging. Mit genug Geld ausgestattet, ließ er da und dort was liegen, hin und wieder half es ihm den Tag über die Runden zu bringen.

Die Liebe, der Grund, weswegen er wegfuhr, ist längst vergessen und verblasst. Die Flucht hat ihn weitergebracht. Aber hat sie ihn auch vorangebracht? Doch wer weiß, welche Erfahrungen sich in Zukunft als wertvoll herausstellen werden. Welche Teile der Welt will er sehen? Lockt ihn das Unbekannte? Er fühlt sich mit Eindrücken vorerst gesättigt. Zuerst will er die Erfahrungen in sein Leben integrieren – Vorstellung und Einstellung in Einklang bringen.

Der Nachbar

Gestern zog mein Nachbar Andreas aus dem zweiten Stock weg, um nach Australien zu fliegen, wo seine Verlobte auf ihn wartete. Als ich ihn vor fünf Monaten kennenlernte, war er gerade verzweifelt, denn seine Verlobte wollte nicht nach Wien ziehen.
Vor zwei Monaten traf ich ihn auf der Treppe im Stiegenhaus. Er ging laufen und ich war auf dem Weg zum Volleyball. Wir plauderten ein wenig und als wir uns verabschiedeten, sagte er mir, ich solle mal auf ein paar Bier vorbei kommen.

Ein paar Wochen später, gerade als im Fußball Polen gegen Deutschland spielte, kam ich auf die Idee Andreas spontan zu besuchen. Als ich oben ankam, war er tatsächlich gerade da und wir setzten uns vor den Fernseher – wir redeten mehr, als das Spiel anzusehen. Polen lag 1:0 in Führung. Kurze Zeit später fiel noch das zweite Tor. Dann war Ende. „Das müssen wir feiern", sprach Andreas und setzte fort „aber ich habe nichts im Kühlschrank – komm' wir kaufen etwas ein." Schlussendlich landeten wir in der Innenstadt, tranken zwei Gläschen Wein in einer kleinen Bar und lernten zwei Friseurinnen samt deren Chef kennen. Zusammen verließen wir das Lokal, spazierten ins nächste und übernächste. Beim letzten Hinausgehen schaute ich auf das Handy. Es war vier Uhr in der Früh.

Das nächste Mal, als ich Andreas begegnete, war seine Wohnung schon leer geräumt und eine Studentin sollte demnächst einziehen. Er wollte zwei Sessel zurücklassen, die er nicht brauchte, doch spontan bot er sie mir an. Nun habe ich eine Art Souvenir und zwei Sessel, die zu meiner Küche passen.

Gerlinde Hacker

Aus dem Umfeld der sozial-politischen Arbeit kommend, leitete Gerlinde Hacker schon früh kreative und künstlerische Initiativen und Projekte, die sie gekonnt mit ihren gesellschaftlichen Anliegen verknüpft. Neben ihrer Karriere als Projektmanagerin und Coach befasst sie sich seit vielen Jahren mit Neuen Medien und arbeitet nunmehr als freie Autorin und Literaturaktivistin.

Bücher/Publikationen (Auswahl)

meine wahrheit kennt deine wirklichkeit nicht – ein dialog, 2018
text & foto (Thomas Reinagl)
ISBN 978-3-9504588-0-0

eine königin gehört gehört – Funkhaus Anthologie Festschrift – IG Autorinnen und Autoren, 2018

blind spot – text & skizze, 2017
ISBN 978-3-200-05161-4, Herausgeber MetzgerMensch

weiwamessa – text & foto (Ines Bauer), 2017
ISBN 978-3-200-04981-9, edition ananas

schau trau wem – Essay zum Thema/Ausgabe ***wälzen***, 2017
edition schreibkraft

herzgeröll – lyrische texte, 2015
Dieter Kordik Verlag, ISBN 978-3-200-03744-1

Auszeichnungen

Literaturwettbewerb ***Kärnten wortwörtlich! – Koroška v besedi!***
Ehrenurkunde für herausragenden Beitrag im Bereich Lyrik, 2015

Minna Kautsky-Literaturpreis der Stadt Graz, Preisverleihung 2004

Performances

fiftyfive seconds, Wien, Herrengasse BMI, 2018

schoener66, Wien, 2017

MEat<<ME meets – MetzgerMensch, Wien, MuseumsQuartier 2014

Michael Buczak

Michael Buczak fühlt sich in diversen Genres wohl. Seine Prosa ist lyrisch, seine Essays sind spannend und seine Lyrik stimmt nachdenklich. Seine lyrischen Texte sind so vielfältig wie sein Leben – er wird vom Alltag, der Vergangenheit, von Spaziergängen und diversen sozialen Milieus inspiriert, wobei er stets ein wachsames Auge beweist.
Darüber hinaus schreibt Michael Buczak sowohl Kurzgeschichten als auch Novellen – dabei beweist er einen Stil, der sich als malerisch, charakteristisch und klar beschreiben lässt.

Publikationen
Fragliche Fragmente eines Lebens – Zersplitterte Zufälle, Novelle, 2017

Marcel Hörmann

Marcel Hörmann wandert mit seiner Literatur durch mannigfaltige Welten oder beschreibt alltägliche Situationen, die sich im absurden Detail verlieren. Seine existentialistischen und zen-artigen Gedanken verstecken sich meist in willkürlich gesetzten Übertreibungen.
www.nekolaumischedeutung.com

Gerlinde Hacker

wo fange ich an ... 6
der mantel ... 8
angstgestreifte zeit ... 10
sie rechnete in wolken ... 10
sturzbereit ... 10
begradigungsillusion ... 10
i am the pain you tasted ... 10
ich erzähle von meinen abgründen ... 11
der alte – oder: niveau wird linke propaganda ... 12
quint-essenz ... 14
kraft des schreibens ... 18
treiben ... 21
ich falle die stufen hinauf ... 21
dämmerung mit händen ... 21
verwegenes vergessen ... 21
wilde träume am boden auf rot ... 21
wenn du stirbst ... 22
ein jahr im bauch des LHC ... 22
aus träumen fliehen ... 25
wo ich wohne bin ich niemand ... 25
die hässlichkeiten des alltags passen ... 25
körper fressen menschen ... 26
vergangenes drängt sich in die zukunft vor ... 26
deine rede zeit ... 26
sie hätte noch gerne sein vergessen mit blumen bekränzt ... 26
nach frischen orangenspalten ... 26
toter winkel ... 27
be-gegnen ... 34

Marcel Hörmann

Ordinationszeiten: Textil und Leder 38
Kult des Halms 44
Die Monde des Saturns 51
Befremdlicher Auftritt 56
Inspektor Schwarz 59

Michael Buczak

Am Balkon 63
Der Abend an dem ich stritt 63
Seine Schwester 64
Drinnen und draußen 64
„Die Morgenluft in Krakau ..." 65
Lyrisches Krakau 66
Zufällige Begegnungen 67
Anwesenheit 68
Priester vom Kahlenberg 69
Fragende Worte 69
Der Exzentriker 70
Im Nichts gelandet 71
Alles dreht sich ums runde Leder 78
Puntigam 80
Verloren in Barcelona 84
Der Nachbar 88

AutorInnenportraits 90